LA RENCONTRE DES ANGES

DES MÊMES AUTEURS

Ouvrages d'Anne-Marie Lionnet
aux éditions du Rocher

Isabelle, une lumière dans la nuit
Lumières de l'Au-delà
L'Amie invisible, lettres de l'Au-delà

Ouvrages de Jean-Paul Sermonte
aux éditions du Rocher

Georges Brassens, le prince et le croquenote
Félix Leclerc roi, poète et chanteur
Gilles Vigneault, le poète qui danse
La Fiancée des cieux, rencontre avec l'Au-delà

Aux éditions Le Mot de Passe [1]

Les Chemins irréels, contes, préfaces d'A. Decaux, A. Sylvestre, L. Ventura, Y. Duteil
La Neuvième Heure
Ajaccio, photographies de Monique Piétri
Poèmes amoureux, préfaces de Léo Ferré et Guy Béart

1. 13, avenue Pierre-Brossolette, 94400 Vitry-sur-Seine.

ANNE-MARIE LIONNET
JEAN-PAUL SERMONTE

LA RENCONTRE DES ANGES

Âge du Verseau

ÉDITIONS DU ROCHER
Jean-Paul Bertrand
Éditeur

ISBN 2 268 01771 0

PREMIÈRE PARTIE

PAR JEAN-PAUL SERMONTE

L'homme n'est pas toujours un lieu triste
Il y a des nuits où le sourire des anges
le rend habitable et léger.

Eugnio de Andrade

En mettant un point final à mon récit, en découvrant le sourire de *La Fiancée des cieux* à la devanture des librairies, je me disais qu'une page de ma vie venait de se tourner définitivement. L'aventure, dramatique, douloureuse, exaltante se terminait sur la plus prodigieuse des espérances : j'avais acquis la certitude que la mort n'anéantissait pas ceux qui « nous devancent un moment ». Julien Green a écrit : « Nous mourons trois fois : la première dans notre chair, la seconde dans le cœur de ceux qui nous survivent et la troisième dans leur mémoire, qui est notre dernier tombeau et le plus glacial. » De ces trois morts je ne crois qu'à la première, celle d'un corps qui n'est qu'un pardessus de poussière s'effaçant dans la poussière. Si l'amour est véritable, ceux qui s'en vont ne meurent ni dans nos cœurs ni dans notre mémoire. Ils ne connaissent pas cet ultime tombeau car seul périt ce qui est périssable : les sentiments superficiels. Ceux qui ont perdu l'être qu'ils aiment en témoignent : le temps qui s'écoule ne peut altérer leur amour. L'amour cristallise le temps. Leur amour vit en dehors du temps. Et c'est bien la plus sublime et la plus émouvante des réalités : un corps dont la jeunesse fuit alors que demeure intacte la jeunesse de son amour. La mort n'est pas la conclusion de la vie mais simplement celle d'un cycle de vie. On ne perd pas sa vie en mourant, on la vit différemment dans un lieu différent. Les « morts » continuent d'exister, leur vie est vraisemblablement plus intense que la nôtre car nos peurs, nos préjugés et nos contraintes physiques la limitent tant. Ils nous aiment et nous attendent. Monique Simonet, par la transcommunication [1], me l'avait prouvé, Anne-Marie Lionnet, en communiquant avec sa fille Isabelle, également. Pascale vivait, elle était heureuse. Un jour, je la rejoindrai. Pour l'instant, je demeurais sur terre, dans cette sphère si déroutante, parfois si grise, parfois jolie. Je devais poursuivre le cours de mon existence, reprendre mon travail, peut-être aimer à nouveau, apprécier les instants de bonheur que nous distille le destin pour nous faire oublier ses nuits et ses hivers.

Cette incursion dans le monde fascinant de l'Au-delà ne m'encourageait pas à « bâcler » ma vie sur terre, mais au contraire, elle m'incitait à vivre plus ardemment, plus en harmonie avec moi-même et avec un idéal de beauté, à me libérer de l'attraction scintillante des chimères de ce monde. Mon travail me manquait : d'autres contes à écrire, d'autres biographies de chanteurs poètes : Brel, Ferré, Béart. Rejoindre de nouveau cet univers si rassurant d'enfance et de poésie. Pourtant, il me fallait me rendre à l'évidence, une offrande appelle une offrande. Les messages d'Isabelle nous parvenaient toujours au même rythme, bientôt suivis par ceux de Pascale. Elles m'encourageaient à partager ce qu'elles m'offraient, à témoigner de cette expérience personnelle, de cette découverte. Je maugréais un peu. Je n'aime pas que l'on me bouscule, je n'aime pas les voyages, je n'aime pas parler en public. Je voulais bien témoigner, certes, mais sans

---

1. Monique Simonet a écrit trois ouvrages : *Images et Messages de l'Au-delà, Porte ouverte sur l'éternité* (éd. du Rocher), *À l'écoute de l'invisible* (éd. Sorlot/Lanore).

quitter ma tour d'ivoire et de mots. Et puis, comment assurer les impératifs de l'existence quotidienne en consacrant mon temps à des conférences pour la plupart non rémunérées ?

Mais, je ne résistai pas longtemps aux pressions si aimantes d'Isabelle et de Pascale. Le mot « fin » n'existe pas dans les vraies histoires d'amour. En compagnie d'Anne-Marie Lionnet, je me mis à sillonner les routes de France et d'ailleurs pour témoigner aux gens de notre expérience et répondre à leurs questions.

Chaque conférence commence par une mise au point, que je juge importante. Je précise toujours que je ne suis le porte-parole d'aucune religion, secte ou mouvement spiritualiste. Mon expérience est personnelle et mon témoignage n'engage que moi. C'est à chacun, ensuite, de se forger sa propre opinion. Certains peuvent s'interroger : « En vertu de quel principe peut-on lui accorder notre confiance ? » Je répondrai à cette question par d'autres questions : « Pourquoi abandonner des activités que j'aime et qui me permettent de vivre pour aller de gare en gare, de salle en salle affronter le scepticisme des gens, leur souffrance, leur douloureuse interrogation ? » J'ai si peu l'âme d'un missionnaire. Pourquoi ne pas me fier plutôt à l'avis de quelques amis, qui me conseillent d'abandonner « ces galères » et de me consacrer aux biographies et contes pour enfants ? Pour l'ego ? Le succès ? Mais les médias, en général, préfèrent inviter un biographe plutôt qu'un auteur d'ouvrage dit spiritualiste.

Pour l'argent ? C'est une erreur de croire que les conférenciers (à part, bien sûr, ceux qui sont célèbres) gagnent bien leur vie. Ils ne sont défrayés le plus souvent que des frais de leur voyage et de leur hébergement. Dans certains cas, ils perçoivent une participation minime. Alors pourquoi bousculer un univers confortable pour poursuivre cette aventure, cette croisade ? Simplement, et c'est l'unique raison qui m'incite à apporter ce témoignage, parce que les messages reçus sont d'une telle richesse spirituelle qu'il est impossible de les garder « sous le boisseau de son égoïsme ».

L'expérience vécue par Anne-Marie et moi-même (comme tant d'autres à travers le monde [1], et depuis des millénaires !) est génératrice d'une telle espérance que l'on ne peut songer à ne point la partager avec ceux qui souffrent et s'interrogent.

J'ai fait part aux lecteurs de *La Fiancée des cieux* de mon cheminement cahoteux entre mes doutes et les preuves de la véracité des messages reçus par Monique Simonet [2] et Anne-Marie Lionnet. Depuis, un fait nouveau m'a beaucoup intrigué. Le 21 août 1993, Anne-Marie reçoit un message d'Isabelle qui m'est destiné :

Prie ton guide, Jean-Paul, et aussi « l'ange » qui t'a été dévolu à ta naissance : il s'appelle Mihaël... il a aussi une mission spécifique, mais comme tu as le libre arbitre, tu peux faire tout l'opposé, alors prie-le pour qu'il t'aide.

Ce message me surprend, je n'ai jamais demandé le nom de mon guide et je ne comprends pas l'importance que cela peut avoir de connaître son identité.

---

1. Je pense surtout aux messages de Georges Morrannier reçus par sa mère, Jeanne Morrannier. Ses ouvrages, tous parus aux éditions Sorlot/Lanore, ne peuvent laisser personne indifférent.
2. Rémy Chauvin et François Brune reviennent sur la preuve principale obtenue par Monique Simonet dans leur ouvrage *En direct de l'Au-delà*, éd. Robert Laffont, p. 151.

En septembre, Monique D., une astrologue qu'Anne-Marie a rencontrée, lui propose, après avoir lu *La Fiancée des cieux*, de m'offrir mon thème astral. L'astrologie ne m'intéresse guère et quand je reçois le thème, je n'y jette qu'un simple coup d'œil distrait. Soudain, une phrase dans la conclusion me fait sursauter : Monique me donne le nom de mon ange gardien pour que je puisse le prier : « Il s'appelle, écrit-elle, Mihaël... »

Anne-Marie m'affirme qu'elle n'a pas parlé du message à l'astrologue. Pourquoi l'aurait-elle fait ? Nous recevons régulièrement des messages, pourquoi aurait-elle mentionné celui-ci plutôt qu'un autre ? Elle ignorait que parfois Monique précisait dans ses thèmes le nom des « anges » gardiens[1]. (La preuve : le thème d'Anne-Marie, offert par Monique quelque temps auparavant, n'indique nullement un quelconque nom de guide).

Deuxième épisode. Anne-Marie, lors d'une conversation téléphonique, se plaint de ne plus recevoir de messages personnels : « Ma fille te fait bien des cadeaux et je me sens un peu frustrée, moi aussi, j'aurais aimé savoir le nom de mon ange gardien. » Le soir même elle est exaucée. Isabelle, dans un court message, lui annonce :

Maman, ton guide se nomme "Pahaliah".

Je suggère alors à Anne-Marie de demander à Monique de rechercher le nom de son guide, mais sans lui révéler, naturellement, le nom indiqué par Isabelle.

Dans la journée même, l'astrologue lui donne la

1. Pour connaître le nom des anges, Monique consulte l'ouvrage d'Haziel, *Le Grand Livre des invocations et des exhortations*. Anne-Marie ne connaissait pas l'existence de ce livre.

réponse : le nom est bien Pahaliah ! Quand on connaît l'honnêteté d'Anne-Marie et de Monique, on exclut d'emblée toute complicité entre elles. Pourquoi ces deux femmes éprouveraient-elles le besoin de tricher ? Monique D. ne recherche aucune publicité, la somme qu'elle demande pour établir un thème est modique ; quant à Anne-Marie, nous avons eu suffisamment de preuves de sa crédibilité sans qu'elle n'ait besoin d'en rajouter.

Troisième épisode. Je désire offrir à Carole[1] son thème astral. Je le demande donc à Monique, en la priant de rechercher également le nom de son ange gardien. Je reçois plus tard la réponse : l'ange se nomme Véhuiah. J'ai alors une idée. Jusqu'à présent, nous avons reçu deux noms donnés par Isabelle et confirmés par l'astrologue. Pourquoi ne pas essayer le contraire ? Demander la confirmation à Isabelle du nom donné par Monique. J'en parle à Anne-Marie (ni Monique ni moi-même ne lui communiquons, naturellement, le nom en question), qui reste très sceptique. Elle ignore si sa fille, qui n'aime pas trop qu'on lui « force la main », acceptera de répondre. Or, non seulement Isabelle acceptera de répondre, mais elle le fera très rapidement. Le lendemain, dans le train qui nous emmène à La Roche-sur-Yon pour une conférence, Anne-Marie reçoit d'abord un court message :

1. J'ai raconté dans *La Fiancée des cieux* l'histoire de Carole, qui fut ma femme pendant dix ans. Nous nous sommes séparés peu avant ma rencontre avec Pascale. Nos liens privilégiés de tendresse nous ont permis de ne jamais tout à fait nous séparer. Carole et Xavier, son compagnon, aimaient beaucoup Pascale. Leur fils, Axel, né juste après le décès de Pascale, fut baptisé à Saint-Vincent-de-Paul ; la maman de Pascale est sa marraine et je suis son parrain.

Cher Jean-Paul, à mon tour de jouer « au chat et à la souris » ! Tu auras ton message à votre retour. Très bonne conférence ! Vous faites un duo merveilleux (*nous le savions bien, d'où notre acharnement...*). Nous vous protégeons : toute notre tendresse vous accompagne. Fini les doutes, n'est-ce pas, mon ami ?

ISABELLE

La réponse complète, Anne-Marie la recevra le lendemain, 8 octobre, dans le train du retour :

Le nom de l'ange gardien de Carole ne commence-t-il pas par un V ? V comme l'envol d'un oiseau...

Non, maman, je ne te fais pas « tartir » (comme tu dis), ton canal n'était pas assez « dégagé », le nom est : Véhuiah... je pense ; demande à Jean-Paul ! Vous nous avez comblées d'aise hier soir, nous étions bien sûr très présentes. J'arrête, car écrire dans ces conditions est un exploit. À bientôt, pour un plus long message. Nous vous adorons, vous êtes nos amours.

Merci de toute notre âme.

ISABELLE

En lisant l'ouvrage de Pierre Jovanovic *Enquête sur l'existence des anges gardiens* (éd. Filipacchi), j'avoue que je comprends à présent l'intérêt, la passion que ce journaliste éprouve pour eux et leur mystère. Tous les messages l'affirment : chaque être sur terre est protégé par un ange gardien (une haute entité spirituelle qui ne s'est jamais probablement incarnée) et différents guides (qui ont connu déjà une ou plusieurs existences dans la sphère terrestre : un parent, par exemple, suffisamment évolué pour devenir votre guide).

Beaucoup d'entre nous pensent, dubitatifs : « Ma vie est si pénible et jonchée de tant d'épreuves que mon ange doit être sénile ou affreusement distrait. » D'autres se plaindront, comme Flaubert : « Mon existence que j'avais rêvée si belle, si poétique, si large, si amoureuse, sera comme les autres monotone, sensée, bête. » Et suivent les « pourquoi ? » que l'on assène au ciel, aux uns et aux autres, en oubliant souvent de nous interroger nous-mêmes. En réalité, si je puis m'exprimer ainsi, un ange, un guide, ne peut nous épargner une épreuve, mais, néanmoins, nous donner la force de la surmonter (souvent en nous révélant les forces insoupçonnées qui sommeillent en nous). À condition, toutefois, que nous les invoquions, car ils respectent toujours notre volonté. L'essence même de l'amour est la liberté. Une entité ne peut être votre ange ou votre guide qu'à la condition d'éprouver pour vous un amour immense. Certains d'entre nous semblent plus protégés que d'autres ; en fait, il arrive que nous nous éloignions nous-mêmes de la protection d'un guide. La mauvaise foi, si humaine, attribue les conséquences de notre attitude à l'inefficacité de nos guides. Mais songe-t-on seulement à leur tristesse lorsqu'ils assistent aux turpitudes de certaines existences dont ils ont la charge ? Aux actes ignobles qu'ils ne peuvent empêcher ? L'ombre complice, la nuit totale, le parfait anonymat où se perpétuent les crimes, les vols, les viols n'existent pas. Nous ne sommes jamais seuls. Il y a d'autres victimes que nos victimes. Mais de celles-ci, nous ne voyons pas les larmes, nous n'entendons pas les supplications. L'amour de nos guides sous-entend toujours le respect de notre libre arbitre. Ils n'interviennent jamais contre notre volonté même s'ils connaissent avant nous les effets, parfois terrifiants, qu'implique la gravité de nos actes.

Un texte symbolique, signé par un auteur anonyme,

témoigne bien de l'importance du rôle joué par les guides :

> Une nuit, un homme eut un rêve. Il rêva qu'il marchait le long d'une plage avec son Maître.
>
> Dans le ciel, comme des flashes, il vit des scènes de sa vie.
>
> Pour chaque scène, il remarqua sur le sable deux paires de traces de pas : l'une était la sienne, l'autre celle de son Guide. Lorsque la dernière scène de sa vie apparut devant ses yeux, il regarda en arrière ces marques de pas sur le sable. Il remarqua que souvent, tout au long du chemin de sa vie, il n'y avait eu qu'une seule trace... Il vit aussi que cela arrivait dans les moments les plus difficiles et douloureux de sa vie... Ceci l'ennuya, et il demanda à son Maître :
>
> – Maître, lorsque j'ai décidé de te suivre, tu m'avais dit que tu marcherais avec moi tout au long du chemin. Mais j'ai remarqué que pendant les moments les plus difficiles de ma vie, il y avait seulement une paire d'empreintes de pieds... Je ne comprends pas pourquoi tu m'aurais quitté lorsque j'en avais le plus besoin...
>
> Le Maître répondit :
>
> – Mon enfant : tu as mal interprété ce que tu as vu. Il est vrai que durant les moments heureux je marchais à tes côtés et te montrais le chemin, mais lorsque les choses allaient mal..., c'est moi qui te portais...

Après que l'identité de l'« ange dévolu à ma naissance » me fut révélée, après les exhortations d'Isabelle à le prier, à me confier à lui, après qu'elle m'eut affirmé le désir qu'ils ont à exaucer nos prières, je décidai de mettre à l'épreuve son amour et son pouvoir. Je ne veux pas vivre et partager avec d'autres un monde d'illusions. La vérité, même au prix de la plus cruelle des désillusions, est préférable aux mensonges, pourtant parfois si confortables. Certes, je ne me considérais pas comme Aladin avec sa lampe. Un ange, un guide, n'est pas un génie prêt à satisfaire le moindre de nos caprices. Il prend en compte la motivation profonde et l'intensité de la requête.

Ma première prière concerna Axel. Une bronchopneumonie empêchait mon petit filleul de dormir. Je priai avec ferveur Mihaël de l'aider. Le lendemain, Carole m'apprit que pour la première fois depuis longtemps l'enfant avait passé une nuit paisible.

Coïncidence ? Je renouvelai plusieurs fois l'expérience et m'aperçus que le résultat dépendait de l'intensité de mon appel. Comme si une prière trop faible, dite sur un ton distrait, ne parvenait pas à franchir les limites d'une chambre. Les guides, pour nous apprendre la concentration nécessaire, répondent plus à la sincérité de la demande qu'aux mots exprimés.

Un soir, à Toulouse, à l'issue d'une conférence, Anne-Marie se plaignit d'une douleur aux oreilles. En pleine rue, je posai mes mains sur ses oreilles et priai Mihaël. Instantanément, le mal disparut. « Tu as des dons de guérisseur », me dit Anne-Marie. Je lui répondis que je n'y étais pour rien, que je m'étais adressé tout simplement à mon guide.

Coïncidence à nouveau ? Je demeurai prudent et me promis d'attendre d'autres preuves plus tangibles.

La confirmation de ce que je supposais me parvint quelque temps plus tard.

Une nuit, avant de me coucher, je décidai de ranger de vieilles cassettes audio qui s'entassaient depuis des mois dans des tiroirs. L'une d'elles attira mon attention. C'était une cassette de répondeur téléphonique. Je me souvenais de l'avoir déjà écoutée. J'avais décidé de la garder, trouvant amusant, des années après, tous ces messages qui rappelaient, un peu comme un journal intime, les pages de la vie quotidienne. Avant de la placer dans le lecteur pour l'entendre une fois encore, je m'écriai à haute voix : « Ô Mihaël, quel dommage que je n'aie pu conserver la voix de Pascale, je donnerais tout ce que je possède pour entendre une fois encore cette voix qui me manque tant. »

Les messages défilaient pendant que je continuais mes rangements. Voix et prénoms oubliés, voix d'amis fidèles, de parents, messages professionnels, drôles, appels au secours des éternels déprimés, voix intimidées devant un répondeur... Soudain, parmi elles, celle de Pascale : « Jean-Paul, mon amour... » Comment était-ce possible, j'avais déjà écouté cette cassette, comment aurais-je pu ne pas entendre ce message ? Le seul appel de Pascale qui échappa aux effacements successifs était l'un des plus beaux, des plus touchants que Pascale m'ait laissés.

J'étais bouleversé, ému jusqu'aux larmes en redécouvrant les mots, les intonations, le rire de celle que j'aimais[1].

Jean-Paul, mon amour, je viens de faire faire une chose, enfin, je viens juste de la recevoir, pour nous deux mais pour toi certainement, car tu désires me connaître et que je le désire aussi. Pour que tu ne doutes pas de moi à ton sujet malgré mes virevoltes. Bon, est-ce par paresse mais je ne sais pas parler de moi, tu sais. Et puis, quand je m'y essaie, il me faut tant de temps que ça demande aux autres l'effort trop grand de l'attente. Parfois des années et si nous les avons, nous sommes quand même des gens pressés, pas vrai ? Bon, ce que je te montrerai va probablement

1. La voix de Pascale sur les cassettes enregistrées par Monique Simonet n'est pas reconnaissable. Monique en explique la raison dans son ouvrage *Images et Messages de l'Au-delà*.

te faire rire, parce que moi aussi j'ai ri. Mais, quoi, les enfantillages, on connaît ? Bon, et puis... oh, les répondeurs, c'est super ! Sur la bande, je dis tant, et tout, la voix gravée, je t'aime [murmurée], je t'aime [en riant] : tu ne comprends rien ? Moi non plus, c'est pas grave, faut pas t'inquiéter, pas vrai ? Je te dis à tout à l'heure, je t'embrasse.

Une minute quinze secondes d'émotion et de bonheur après m'être adressé à Mihaël. J'ai cessé de croire aux coïncidences.

Même si les phénomènes concernant la vie après la mort sont, pour moi, depuis longtemps un sujet de prédilection[1], j'y accorde, depuis que je suis concerné personnellement un intérêt bien plus qu'intellectuel. Le nombre de personnes ayant ou croyant avoir été témoins de manifestations est stupéfiant. Depuis que la question est abordée avec moins de réticence, voire de raillerie, que des ouvrages – d'une valeur inégale – paraissent en abondance, beaucoup de personnes acceptent de révéler leur expérience.

Sujet médiatisé au chapitre de l'insolite, du mystère, du bizarre, avec parfois des amalgames incongrus. Il s'agit d'un véritable fourre-tout cathodique où se retrouvent pêle-mêle tous les thèmes : ceux des religions, sectes, voyance, astrologie, ovnis. Tout y est effleuré, rien n'est approfondi. La télévision fait de nous des êtres surinformés, on nous apprend tout, on ne retient rien. La connaissance, la recherche sérieuse sont sacrifiées au détriment du sensationnel à outrance. Par bonheur, il y a les livres ! Mais comment savoir si d'aucuns reflètent la vérité ? Les auteurs

1. J'ai publié en 1985, aux éditions Lanore, un livre de nouvelles se rapportant à l'Au-delà intitulé : *Le Dernier Message* (mais cela n'était qu'une œuvre de fiction).

peuvent être si aisément abusés par des témoignages qu'ils n'ont pas, et pour cause, pu vérifier eux-mêmes. Sans parler des récits rapportés par le bouche à oreille au fil du temps, puis au fil des livres et le plus souvent altérés, transformés, déformés. J'ai recueilli personnellement de nombreux témoignages. Leurs auteurs ont vraisemblablement pensé : « Si on ne le traite pas, lui, de farfelu, peut-être aurai-je une chance que l'on me croie également ? » Et puis, c'est rassurant d'être fous à plusieurs...

J'ai pu constater que si, à l'origine d'un fait, d'un événement, il y a une manifestation authentique, souvent l'esprit humain en rajoute, exagérant la réalité, et, en désirant l'embellir, la dénature.

Il en est de même pour la question relative aux médiums. Parce que beaucoup d'entre eux ont exploité avec démesure des possibilités réelles à communiquer avec l'Au-delà, ils ont fini par les réduire, voire les annihiler. Comme si l'on pouvait prétendre devenir des fonctionnaires de l'Au-delà ! On m'a reproché parfois de porter un jugement trop sévère à l'encontre de certains médiums. J'avais décidé de faire preuve de plus de tolérance en tâchant de ne plus formuler publiquement mes griefs. Pourtant leur improbité, leur escroquerie, que l'on me rapporte sans cesse, me font de nouveau bondir d'indignation. Comment avoir une quelconque considération pour ceux qui exploitent tant la détresse humaine, qui profitent de la fragilité d'un être anéanti par un deuil pour lui raconter des sornettes et se les faire chèrement payer ?

Un « médium » à une maman qui venait de perdre son enfant : « Vous êtes seule responsable ; sa mort est une punition qui vous est infligée... » Révoltant ! Perdre son enfant et devoir en plus se sentir coupable ! Un autre « médium » célèbre, auquel une dame de son public demandait si « là-haut » on pouvait la rassurer sur la santé de son vieux papa (toujours vivant), a répondu : « On me dit de ne vous faire aucun souci, votre papa, c'est "bon pied, bon œil". » Consternation de la dame : son père était aveugle ! Et cet autre « médium » faisant payer une visite à domicile à une personne handicapée, presque un demi-million de centimes ! Mais que l'on se rassure néanmoins, il y a des médiums sincères, authentiques et désintéressés. Il faut savoir les rencontrer.

Pour les nombreuses personnes persuadées de communiquer avec l'invisible, si la communication-divagation est intime, rien n'est grave, elle n'engage que leur auteur, en revanche, si ces « conversations » sont rendues publiques, il est préférable de demander des preuves de leur véracité. Il y a trop de fabulateurs – conscients ou pas – pour que nous puissions croire n'importe qui sur parole. Parmi les nombreux témoignages que j'ai reçus, j'en ai retenu deux que je vous soumets, parce que je connais personnellement les auteurs et qu'ils bénéficient de toute ma confiance.

Le début de la première histoire peut prêter à sourire, mais sa conclusion est si surprenante que l'on a du mal à songer à une illusion, une hallucination. Dans les deux cas, j'ai souhaité que les auteurs rédigent eux-mêmes leur récit, avec le plus de sobriété possible. Ce n'est pas un exercice de style, mais simplement un témoignage. Le premier est d'Anna M. Une amie de longue date. Elle m'a raconté ces événements aussitôt qu'ils se sont produits et son émotion m'avait troublé.

19 août 1991. Le départ soudain de Pierre-Yves, mon meilleur ami, m'a profondément bouleversée. J'ai beaucoup pleuré jusqu'au jour où je me suis dit (pour l'avoir lu dans un ouvrage) qu'il fallait accepter le départ de ceux que l'on aimait, ne pas les « retenir »

par notre désespoir. J'ai beaucoup prié pour qu'il se manifeste.

Au cours de l'été 1992, lors d'une visite dans une ville des Yvelines où je me rendais pour des raisons professionnelles (même ville, même rue où habitait mon ami), je vis dans une flaque d'eau une pie toute boueuse. Je me suis rappelée alors que, quelque temps auparavant, à Paris, sur la balustrade du périphérique, une pie m'avait intriguée. Je l'avais regardée longuement car il y avait un embouteillage et je m'étais demandée ce qu'elle faisait là.

Mon métier me conduisit un jour en Allemagne, dans l'hôpital où mon ami (il était militaire) avait été soigné. En arrivant, alors que je me préoccupais de savoir comment allait se passer mon rendez-vous professionnel, je vis sur la pelouse une pie superbe qui me regardait. Plus tard, à Paris, à l'entrée d'une caserne où j'avais rendez-vous, j'aperçus sur le toit d'une voiture une pie qui battait des ailes. Près de cette même caserne, quelques jours après, une autre pie marchait majestueusement sur la pelouse, tout près de moi.

La veille de Noël 1992, j'étais dans mon bureau et je pensais à Pierre-Yves, me demandant s'il m'entendait lorsque je lui parlais. Machinalement, je regardai par la fenêtre. Une pie, sur le toit d'en face, restait immobile. Elle demeura ainsi un long moment.

En mai 1993, en sortant de chez moi, je me dirigeais vers ma voiture : j'entendis un grand battement d'ailes qui me figea sur place. Ce que je vis me stupéfia : deux pies et un corbeau sortaient de dessous ma voiture. On aurait dit que les pies venaient d'attaquer le corbeau... Elles se sont postées sur un petit toit, près de mon véhicule, le corbeau, lui, s'était perché sur un poteau. Je les ai regardés très longtemps jusqu'à ce qu'ils finissent par s'envoler.

J'étais très intriguée par toutes ces apparitions de pies depuis le décès de mon ami. Était-ce une simple coïncidence ? Après beaucoup d'hésitation, je décidai d'en parler à sa femme. Elle m'apprit alors que lorsque Pierre-Yves était petit, ses parents le surnommaient la Pie !

Depuis, je considère que ce n'est pas au hasard que je dois ces rencontres avec les pies, mais qu'il s'agit là d'une forme de manifestation.

Interrogée, Isabelle, dans son message du 1er septembre 1993, confirma cette manifestation.

« Je change de sujet : pour les signes des « pies » sur le chemin de cette personne, il est certain que ce sont des évidences, ce sont des messages sous une autre forme, mais qui ne peuvent, vu leur répétition et les moments choisis, être le fruit du hasard. En doutais-tu, Jean-Paul ? Il ne faut pas, bien sûr, tomber dans le piège de tout interpréter comme des signes, mais quand c'est original, flagrant, avec un symbole précis, comment ne pas l'accepter comme un cadeau merveilleux ? Vous passez encore à côté de tellement de vérités, d'évidences, à cause de votre mental et de votre esprit rationnel. »

Nous sommes des milliers à déplorer notre manque de médiumnité et nous envions ceux qui possèdent ce pouvoir fantastique d'entrevoir l'univers des invisibles.

Pourtant, par moments, nombreux sont ceux qui, sans se douter de leur médiumnité, voient, entendent, ressentent, perçoivent des parcelles de l'autre monde. Ce monde parallèle qui nous fascine et nous épouvante, et qui est pourtant notre future demeure.

Carole, à certains instants de sa vie, est médium.

Axel[1], son petit garçon (comme la plupart des enfants), également. Parmi bien des manifestations dont ils ont été directement les témoins, j'ai retenu celle-ci, racontée par Carole elle-même :

Au matin du 4 novembre 1993, vers cinq heures, Axel, qui était couché près de moi, me réveilla brusquement en fixant la pénombre de ses yeux écarquillés et en criant :

– Le voilà ! C'est lui, il est revenu ! Je « l'a » reconnu, c'est grand-papa Charles !

Et comme pour répondre à mon regard perplexe, il ajouta :

– Mais oui, tu sais, maman, grand-papa Charles « qu'il » est revenu ! Tu le vois, là ?

Je fis « non » de la tête ; il pointa alors l'index droit devant nous :

– Là ! À côté « da » table, maman ! Tu le vois ?

Et, m'oubliant complètement, il s'assit droit sur son séant et se mit à converser le plus naturellement du monde :

– Tu y es venu me voir, grand-papa ? Tu vas venir encore ?

Je l'interrompis pour demander :

– Comment il est grand-papa ? Il a des cheveux ? (Mon père était chauve.)

Il répondit aussitôt : – Non, il a pas de cheveux !

Mais je pensai : « Il a vu des photos. » J'enchaînai alors :

– Et ses yeux, de quelle couleur ils sont, ses yeux ?

Axel dit sans hésiter :

– Bleus, ils sont bleus.

Sur les photos, on ne pouvait en discerner la couleur

1. Voir, dans la seconde partie de cet ouvrage, le message d'Isabelle datant du 21 février 1993.

mais j'avais peut-être parlé de ce détail devant lui. J'essayai alors une autre question :

– Et ses habits, tu les vois, Axel ? Comment ils sont, ses habits ? Il a un pantalon de quelle couleur, grand-papa ?

La réponse fusa aussitôt :

– Mais non, maman ! Il a pas de pantalon, il a une robe, grand-papa !

Je ne pus m'empêcher de rire, pensant qu'il s'agissait bien là de l'imagination d'un enfant !

Il s'irrita et me dit, très sérieux :

– Elle est belle, sa robe, elle est bleue et blanche aussi. Tu la vois ?

Je fis mine de voir et pour le rassurer je dis :

– Oui, bien sûr, Axel, je la vois bien !

J'ajoutai :

– Demande à grand-papa s'il aime maman.

Il posa la question, très sûr de lui, et me répondit très vite :

– Oui, il a dit « qui te l'aime » très fort Ma'tine et Calole !

Martine et Carole sont mes deux prénoms, mais Axel n'utilise que celui de Carole et mon père ne m'appelait que Martine. Je restai interloquée par l'emploi de ces deux prénoms par Axel et de surcroît de façon simultanée. Je ne pus m'empêcher de souffler :

– Merci, mon chéri, merci.

Je l'entendis encore dire :

– Tu vas revenir bientôt, grand-papa ?

Et, se tournant vers moi :

– Oui, « i » va revenir ce soir !

Puis encore :

– Où tu vas aller, grand-papa ?

Et de nouveau, se tournant vers moi :

– Il a dit qui va aller voir des fleurs avec une dame et qui revient me voir ce soir ! Au revoir, grand-papa !

Il agita la main quelques secondes et vint se blottir contre moi. J'avais l'impression de rêver. Je ne pus me rendormir. Je me levai donc. Ce n'est qu'un peu plus tard dans la journée que je découvris sur la page de mon agenda que nous fêtions ce jour-là la Saint-Charles !

Mon père s'appelait Charles, il était très pieux et me disait toujours que la fête de la Saint-Charles comptait bien plus pour lui que toute autre date anniversaire.

Depuis le début de notre « correspondance », Isabelle n'a cessé de me répéter qu'un jour je pourrais communiquer directement avec Pascale. Cette affirmation si souvent réitérée ne put vaincre mon scepticisme. Je n'y croyais pas. Trop merveilleux pour que cela puisse m'arriver, pensais-je, dubitatif. Manque de confiance en soi, manque de patience. Je n'imaginais pas mes soirées seul face à une feuille blanche, espérant vainement que ma main et mon stylo décident de vivre leur propre vie, en toute indépendance. Je n'attendais rien. Je ne demandais rien, persuadé que si, dans l'Au-delà, on désirait établir une communication, « ils » avaient suffisamment de facilités pour me le faire savoir. En fait, ce n'est pas si simple. Certes, les facultés qu'ils possèdent sont bien plus étendues que les nôtres, mais, comme je l'ai déjà écrit précédemment, ils ne peuvent agir qu'en vertu de notre consentement le plus profond, le plus sincère.

Le 19 janvier 1993, je m'astreignais ce soir là à recopier des adresses sur une pile d'enveloppes. Je m'évadais de cette tâche banale et éreintante en pensant à un projet de voyage. Tout à coup une idée s'imposa à mon esprit. Fortement. Je devais écrire. Je résistai un court instant, désirant terminer mon travail, mais la pression était trop puissante. Je pris une feuille et écrivis ce qui me passait – semble-t-il – par la tête. Les artistes connaissent bien la soudaineté de certaines inspirations. Cet état, cette pulsion presque mystique qui nous font abandonner brusquement les occupations du moment, qui nous réveillent en pleine nuit pour nous faire écrire, dessiner, composer. Pourtant, cette fois-ci, je n'écrivais pas une note ni un début de poème ni même une idée de conte. Les mots qui me parvenaient si précipitamment s'adressaient à Anne-Marie.

Ils étaient signés « Isabelle » !

Anne-Marie éprouvait à l'époque quelques difficultés à communiquer avec sa fille en raison d'une grande fatigue. En effet, désemparée par les milliers de lettres reçues après la publication de ses livres et ses passages à la télévision, elle se sentait fortement découragée face à tant de souffrances et d'appels de détresse.

Je relus « mon » texte :

« Maman, tu es ma petite mère bien-aimée, quoi que tu fasses. On ne juge pas l'amour, vis et élève-toi dans la joie, non dans la contrainte... Si tu savais de quel amour infini nos regards s'emplissent quand nous vous observons. Nous vivons si près de vous. Jamais je ne m'éloigne de toi, jamais je ne t'abandonne. Ne crains rien, tu n'as plus rien à craindre puisque je suis là, je suis ton guide, ton âme. Parfois la fille devient la mère, la mère devient la fille, dans l'amour, quelle importance la hiérarchie de l'âge... Les âmes ont parfois le même âge que le corps ne connaît pas...

Tout est bien, rien n'est innocent, rien n'est négatif, ni le doute ni la fatigue, restez à l'écoute de vous-mêmes et de nous-mêmes, et de vous-mêmes apportez les solutions à vos problèmes. »

J'étais troublé, bouleversé. Pourquoi est-ce que j'avais écrit cela ? Était-ce bien moi ? Isabelle avait-elle imposé à mon esprit ces mots pour sa maman ? N'avais-je pas eu plutôt le désir inconscient d'aider Anne-Marie en usurpant involontairement l'identité de sa fille ?

Je m'imposai aussitôt les mêmes critiques que celles que j'avais formulées en étudiant le phénomène de l'écriture automatique et intuitive[1]. Manifestations parfois réelles, parfois dues à un dédoublement de la personne, parfois encore à une pure illusion... J'attendais impatiemment, pour juger ce nouveau phénomène avec plus de discernement, qu'Anne-Marie recouvre la santé et avec elle la possibilité de communiquer avec sa fille.

Le lendemain, Anne-Marie me lut au téléphone le texte d'un message qu'elle avait réussi à recevoir dans la nuit. Isabelle confirmait bien celui que j'avais reçu. Pour elle, c'était l'évidence même !

[...] Merci, Jean-Paul, d'avoir pris le relais... bien sûr que c'était moi qui te soufflais et l'état de fatigue de maman n'est pas fortuit. [...] c'est un test pour toi. Tout est lié, tu peux te « lancer », Jean-Paul, tu es prêt, laisse reposer ton mental, et tu deviendras, comme maman, un canal totalement disponible.

Plus tard (message du 24 janvier 1993[2]) :

Tu es lancé, Jean-Paul, et tu auras des confirmations, tout est voulu, tout est programmé et tu sais

1. Écriture automatique : l'entité écrit par la main du médium ; en revanche, par l'écriture intuitive, elle imposera directement au mental du médium sa « dictée ».
2. Voir le livre d'Anne-Marie, *L'Amie invisible*.

bien, depuis le temps, ami très cher, que nous arrivons à nos fins. Comme te l'a dit maman, tu « recevras » par impulsions, par inspiration, comme elle, maintenant. Tu n'as pas besoin des balbutiements du début, tu as une longue préparation, une immense initiation depuis plus de deux ans, par des guides bien-aimants de l'Au-delà, et non pas des gourous de votre terre [...]

Le message suivant qui me parvint[1] fut signé Isabelle et Pascale. Le troisième portait uniquement la signature de Pascale.

Était-ce possible ? Partagé entre l'émerveillement et le doute, je me disais qu'à présent j'allais perdre ma situation confortable de spectateur privilégié. J'allais être jugé à mon tour, à mon tour j'allais connaître le sentiment du découragement de ne point être cru, d'être raillé tout autant d'ailleurs que celui de partager la plus prodigieuse des espérances.

Les jours suivants, plusieurs messages me parvinrent. J'en parlai à Carole et Gisèle, la maman de Pascale. Toutes les deux acquirent la conviction, d'après les mots, le style, le contenu, que ces textes m'étaient inspirés par ma compagne.

Pourtant, mes propres incertitudes me semblaient justifiées. Étant l'auteur de nombreux contes pour enfants et d'œuvres de fiction, je n'ignore pas le fabuleux pouvoir de l'imagination. Michel de Montaigne a écrit qu'une forte imagination produit l'événement. Il est vrai que le champ de l'imaginaire est si vaste que l'écrivain, comme un enfant, peut finir par ne plus distinguer les frontières floues qui séparent le rêve du réel. J'opposais à mon incrédulité des arguments qui me semblaient importants. Si j'avais long-

1. *Id., ibid.*

temps sollicité des signes et des preuves de l'existence de l'Au-delà, en revanche je n'avais jamais réclamé, quémandé, à l'encontre de tant d'autres, de recevoir personnellement et directement des messages. Je me doutais qu'ils pouvaient perturber le cours de ma vie. À force de me poser la sempiternelle question : « Est-ce mon mental qui me dicte ces mots ou est-ce Pascale qui les inspire ? », je finis par regretter le temps de ma relative tranquillité, pour ne pas dire ma relative lâcheté.

De fait, ces messages sont parfois en parfaite contradiction avec mes propres idées. Un jour, par exemple, j'exhortai l'une de mes amies à témoigner de la plus extrême fermeté à l'égard de son compagnon, un être odieux qui ne cessait de la faire souffrir. J'allai même jusqu'à lui conseiller de rompre définitivement avec lui.

Dans une lettre, le soir même, Pascale me fit écrire exactement le contraire des propos que j'avais tenus :

À propos de N., qu'elle se rassure, tout va s'arranger également pour elle. Qu'elle agisse toujours comme sa conscience lui souffle. Qu'elle ne craigne pas d'être excessivement gentille, même avec celui qui la tourmente ainsi, elle le guérira par l'amour. L'amour peut briser des murs de béton alors, pense un esprit humain !

Elle y revint plus tard :

Jean-Paul, je comprends la tristesse de notre amie. Nous ne pouvons pas influencer quelqu'un à aimer s'il ne le désire pas, dans ce cas précis, il [son compagnon] l'aime, il n'est point indifférent. Il a dressé des murs entre lui et son amour, il lui faudra du temps pour que ces murs s'écroulent un jour. Il doit comprendre que parfois c'est trop tard et comme tu l'as dit un jour : « On ne doit jamais remettre un "je t'aime" au lendemain », il y a des « je t'aime » non dits qui pèsent plus lourd que le poids d'un rocher, que le poids d'un remords.

Je ne me sentais pas très fier de livrer à mon amie ces passages qui la concernaient et qui contredisaient, sans le moindre doute, les conseils que je lui avais moi-même donnés la veille.

Alors que je demeurais persuadé que chaque âme revient un jour dans notre sphère soit accomplir un destin de rédemption, soit pour apprendre à s'élever, à comprendre, à grandir à travers les expériences et les épreuves de l'existence terrestre, Pascale m'apprit qu'il pouvait y avoir une autre raison au retour de l'âme ici-bas[1] :

« ...Jean-Paul, mon âme n'est pas vieille, tu sais. Je te dis cela car tu crois que ceux qui partent très tôt passent très peu de temps sur terre parce que leur âme n'a plus besoin d'un long séjour dans cette sphère et donc qu'elle est très ancienne. C'est bien plus complexe que cela ; parfois une âme vient, souffre et s'en va uniquement pour permettre à une autre d'évoluer. C'est une des plus grandes preuves d'amour qui puissent exister. »

Ainsi donc, par amour, une âme peut quitter la plénitude la plus parfaite pour revenir sur la terre de toutes les épreuves, affronter tant de souffrances et

---

1. Dans son message du 26 mars 1992 (*La Fiancée des cieux*, pp. 202 et 203), Isabelle précise que la réincarnation « [...] n'est pas systématique, il y a toujours choix et possibilité d'évolution. C'est un phénomène complexe, individuel ».

d'infirmités pour permettre l'évolution d'une âme aimée. Aucun livre, aucun témoignage ne m'avaient appris cette sublime réalité. Cette révélation éclaira d'une lumière nouvelle certains comportements de Pascale à mon égard. Je compris alors, bien mieux, la profondeur de son amour.

D'autres arguments, sans pour autant constituer des preuves formelles, témoignent néanmoins de l'authenticité de la provenance des messages. Par exemple, il n'est pas dans ma nature de me fustiger moi-même et encore moins de me ridiculiser en m'adressant, via Pascale, tous les mots d'amour contenus dans ces écrits. Toutefois, c'est encore la transcommunication qui me permettra de dissiper les derniers doutes. Dans le contact du 13 décembre 1991 [1] à la question de Monique Simonet : « Jean-Paul pourra-t-il communiquer avec toi un jour ? », Pascale avait répondu de façon affirmative. Je demandai néanmoins à Monique une autre confirmation concernant les dernières lettres.

Contact du 27 avril 1993 :
Monique : Pascale, tu m'entends ?
Pascale : Oui, je suis là.
– Est-ce bien toi ?
– Ah oui !
– C'est toi qui inspires Jean-Paul pour les messages qu'il reçoit, est-ce bien toi qui les lui dictes ?
– C'est moi, oui, c'est Pascale.
– C'est toi qui le fais écrire ?
– Mais oui...

1. Voir *La Fiancée des cieux*, p. 153.

C'est parce que j'ai pu obtenir ces différentes confirmations que j'accepte aujourd'hui de rendre publics ces messages.

LES MESSAGES DE PASCALE

LE 30 MARS 1993

Ne t'inquiète pas, Jean-Paul, tout va s'arranger, on ne va pas te séparer de ton petit Axel[1]. Xavier doit aller au bout de son épreuve. Il en a besoin. Il doit comprendre. On ne peut pas agir avant, il doit connaître l'épreuve jusqu'à son dernier jour mais, je te le répète, Carole et Axel ne partiront pas, je te l'avais déjà dit, crois-moi, fais-moi confiance, mon chéri, je veille sur toi, je n'accepterai pas que tu sois malheureux. Pense très fort que tout va s'arranger et tout s'arrangera. Envoie vers le ciel de belles pensées et non pas des pensées d'inquiétude. Jean-Paul, je t'aime. À chaque instant, je veille sur toi. Rassure Anne-Marie, sais-tu qu'à ce même moment, Isabelle lui parle ? Eh oui, il est 23 heures et Anne-Marie reçoit un message. N'est-ce pas une jolie preuve, ça ? Preuve que c'est bien moi qui te parle[2]... Mon chéri, mon bien-aimé, si tu savais l'amour que je te porte ! Mais tu t'en doutes, n'est-ce pas ? Il n'est pas possible que tu ne le perçoives pas. Je ne peux rien contre tes migraines, c'est au fond de toi, tu as les moyens de te guérir.

1. Axel et ses parents étaient sur le point de quitter Paris.
2. En effet, à ce même moment, Anne-Marie recevait un message d'Isabelle.

À propos de N., qu'elle se rassure, tout va s'arranger également pour elle. Qu'elle agisse toujours comme sa conscience lui souffle. Qu'elle ne craigne pas d'être excessivement gentille, même avec celui qui la tourmente ainsi, elle le guérira par l'amour. L'amour peut briser des murs de béton alors, pense un esprit humain ! Il faut du temps, nous veillons sur elle. Chéri, je sais ce que tu penses : si Anne-Marie n'a pas de message ce soir, à cette heure-ci, cela prouvera que c'est ton mental et non Pascale qui te parle... Tu verras, Jean-Paul, tu verras... Tu m'as dit tout à l'heure que tu m'aimes et moi donc, et moi donc. Jean-Paul, mon époux que j'attends.

P.

LE 7 AVRIL 1993

Bonsoir, mon Jean-Paul, es-tu rassuré par le message d'Isabelle qui confirme le mien ? Ne t'inquiète pas, ces doutes t'honorent, je comprends que l'on ne puisse pas adhérer sans se poser de questions quant à l'authenticité de ce que l'on reçoit. Mais il y a un temps pour le doute et un temps pour la confiance totale. C'est pour toi le temps de la confiance, donc tout ira plus vite, plus loin. Mon Jean-Paul, je t'aime tant. Veux-tu me poser une question, veux-tu que nous parlions de ta solitude ? Je comprends ce que tu ressens au plus profond de toi, sache que je ne suis jamais une entrave à tes amours. L'ai-je déjà été ? Si une nouvelle compagne vient partager ta vie, je m'en réjouis au plus profond de mon cœur. Vois-tu, ici, à présent, nous aimons d'un tel amour qu'il exclut toute forme de possessivité et de jalousie. Rien ne pourra ternir notre amour. Si tu désires offrir le temps de ta vie à une autre femme, je ne suis ni triste ni désabusée, je préfère te savoir heureux et en paix dans d'autres bras que mélancolique. Tu peux aussi rester seul, mais le seras-tu jamais ? Pour cela, il te faut plus de force, plus de confiance en notre aide. Évite pourtant, mais je sais que cela tu l'as compris, de te disperser dans des aventures sans lendemain. Quoi que tu décides, si tes pensées, tes intentions sont élevées, tout ira bien. Je serai de toutes les manières avec toi, ne suis-je pas devenue ton guide ? Si tu veux, nous approfondirons plus encore cette question. Mais pour moi, tu dois le savoir, une situation sentimentale différente ne me chagrinera jamais. Notre amour est de tout temps.

Si tu crois que les messages que tu reçois peuvent perturber une union, tu t'inquiètes pour rien, celle qui viendra comprendra et même t'encouragera. Elle aura la connaissance de l'infinité de notre amour et son amour ne sera pas étranger, mais rejoindra la force du nôtre. Un jour, tu comprendras tout ce que je te dis aujourd'hui. Je sais que tu voudrais bien que je te prouve que c'est encore moi qui te parle, ce soir, alors, écoute bien avant de t'endormir. Surprise ! Mon aimé, je t'aime, je t'aime, bonne nuit, à bientôt, si tu veux.

P.

* Bravo pour *L'Étrange Rêve*[1], ne laisse pas tomber *Les Enfants de Noël*[2], tu as pris la bonne décision pour le journal[3]... Un temps pour tout... Je t'aime.

---

1. Les contes que je venais d'achever.
2. *Id.*
3. Le journal *Les Amis de Georges* (Brassens), dont j'avais décidé d'interrompre momentanément la parution.

LE 16 AVRIL 1993, 23 H 45

Jean-Paul, mon aimé, j'avais hâte que vienne la nuit, que tu te couches pour enfin te parler, c'est le seul moment – parfois quelques instants – où tu es ENTIÈREMENT disponible, sinon, dans la journée, entre toutes tes activités, je ne peux réussir à établir une osmose parfaite entre nous. Jean-Paul, ne t'inquiète pas pour ceux dont tu crois qu'ils ne t'aiment pas. Chacun a ses défenses, chacun a ses doutes. As-tu déjà pensé que ceux qui ne t'aiment pas – enfin que tu imagines ne pas t'aimer – ont cette attitude parce que EUX croient également ne pas être aimés de toi ? Eux doutent de toi et par défense te présentent ce visage un peu fermé. Veux-tu qu'on t'aime ? Aime, toi-même, très fort, sans retenue. La plupart de ceux-là alors t'aimeront ou auront une attitude plus franche à ton égard et tu sauras à quoi t'en tenir. Si tu pouvais lire dans leur cœur comme nous nous le pouvons, tu serais très surpris.

Dis cela à maman : « Maman, je suis près de toi, chaque fois que tu le ressens, ce n'est pas une impression fausse, je suis réellement là, sois encore plus attentive et tu me ressentiras mieux encore et plus souvent. Nous n'avons pas besoin de mots, maman, nous savons, nous nous comprenons, je te donne ma force, et ta force me réjouit, si tu savais comme ! Les mots que nous adressons, Isabelle et moi, à Anne-Marie et à Jean-Paul, sont des mots destinés d'abord à eux-mêmes, bien entendu, mais également à une multitude de gens qui cherchent et qui vont avancer grâce à ces mots-là. Ceux qui lisent nos messages ne les lisent pas par hasard, non jamais, c'est une petite graine qui leur était destinée, qui va germer en eux, dans la solitude de leur doute et qui va faire fleurir la plus folle des espérances, libre à eux de fermer leurs oreilles, ce n'est pas si grave, leur évolution sera juste un peu ralentie jusqu'à ce qu'ils trouvent encore d'autres mots... Tout arrive à son heure. Le plus grave c'est de se fermer successivement à toutes nos tentatives, tout le long de leur existence. Alors, ils n'auront plus que les épreuves pour comprendre. Attention, les épreuves ne sont pas une punition ! Pourquoi vouloir punir celui qui refuse une vérité, de quel droit ? Les épreuves sont demandées par eux-mêmes. Avant d'affronter la vie, ils préviennent leur guide : "Si nous refusons d'évoluer, fais intervenir tel accident, telle maladie, tel drame, telle souffrance pour nous permettre d'ouvrir les yeux." Quel est l'être humain qui après une terrible épreuve ne s'est pas interrogé, ne s'est pas transformé ? Maman, toi et moi n'avons pas besoin d'échanger des mots, nous échangeons beaucoup plus, tu le sais bien. »

Jean-Paul, mon aimé, il n'est pas d'actes et de paroles venant de toi qui tombent dans l'oubli. Je suis avec toi et je t'aime d'un amour si grand que tu ne peux l'imaginer, si grand qu'il t'effraierait alors qu'il te sauve, qu'il te purifie, qu'il te grandit. Ne fais pas attention, je t'en prie, à l'opinion des uns et des autres, va ton chemin, n'aie pas peur de ce que pense untel ou untel, pense à ta progression qu'il jugera lui comme une régression. Jean-Paul, plus tu t'élèveras, moins tu auras d'amis, mais les amis qui resteront, ceux-là seront de cristal, ils auront la pureté et la force du cristal. Je me promènerai tous ces jours-ci à Paris avec ta sœur et toi. Jean-Paul, envoie des pensées d'amour à ceux qui ne t'aiment pas... Je suis près de toi, là, allongée, ma main est posée sur ton front, c'est par elle que les mots que je dicte te parviennent... Un jour, dans d'autres temps, c'est toi qui seras à ma place et qui instruiras quelqu'un d'autre, c'est l'immense chaîne d'amour, de la vie, de nos vies, ici, là-bas.

Je t'aime, ne l'oublie jamais.

P.

* Aujourd'hui, Anne-Marie avait des pensées tristes au restaurant, tu l'as senti, elle a compris l'essentiel, l'essentiel est dans un mot : amour.

LE 20 AVRIL 1993

Bonjour. Mais oui, nous sommes là, et tellement heureuses, c'est comme un souffle de printemps qui vient jusqu'à nous qui sommes déjà dans le printemps. Jean-Paul, ce livre est enfin arrivé[1], depuis tant de temps, tant d'efforts, de combats, tant de sollicitudes. Enfin ! Soyez toujours amis, soyez toujours confiants. Rien n'est fini, ne le croyez pas, bien au contraire, malgré ces années de « communications », considérez que c'est un début, nous allons poursuivre, toujours plus loin, toujours plus haut, mais plus haut signifie plus dépouillé, on ne peut gravir vers la lumière, chargé des artifices de la gloire et des mondanités.

Jean-Paul, c'est Isabelle et c'est Pascale, nous nous donnons la main pour que, malgré le lieu, tu puisses nous percevoir. Nous voulions te dire merci pour ce livre, merci d'avoir tenu, merci d'avoir dédié ce premier exemplaire à maman, c'est-à-dire à moi aussi.

1. *La Fiancée des cieux.*

Nous vous laissons, mais en demeurant présentes près de vous.

Merci pour le printemps.

Nous vous aimons, nos aimés.

P.I.

(Message reçu au restaurant « Au petit prince ».)

LE 24 AVRIL 1993, 23 H 30

Mais oui, Jean-Paul, c'est moi, tu savais, tu devinais que j'allais te « parler ». Jean-Paul, mon amour, c'est bien, tout ce que tu viens de faire, de t'être consacré, une semaine entière, à ta sœur et à sa petite fille, tu as raison de dire que les familles qui reviennent sur terre ne sont pas nées par hasard, chaque membre d'une famille a une histoire qui est étroitement liée à celle d'un frère ou d'une sœur, d'un père ou d'une mère et même d'un oncle, et même d'un beau-père... Ta sœur, tes frères font partie de ton histoire depuis très, très longtemps, en revanche, Jean-Paul, nous ne nous connaissons que depuis peu de vies. J'étais dans tes existences passées, certes, mais depuis moins de temps que Carole, par exemple.

Cela n'enlève rien à l'intensité de notre amour, je devais venir dans ta vie car je le désirais de toute mon âme, en sachant que par ma mort terrestre, j'allais te permettre d'accéder à un niveau plus élevé de la vraie spiritualité. Je désirais être ta femme, oui, de tout mon cœur, sur terre, je fanfaronnais un peu, je craignais un refus, j'étais terrorisée à l'idée de te perdre, à l'idée que tu puisses t'éloigner, je fanfaronnais certes mais en fait, je souhaitais vivre une existence classique : être ta femme et avoir des enfants de toi. Tu as été et tu restes mon seul amour. Jean-Paul, mon âme n'est pas vieille, tu sais. Je te dis cela car tu crois que ceux qui partent très tôt passent très peu de temps sur terre parce que leur âme n'a plus besoin d'un long séjour dans cette sphère et donc qu'elle est très ancienne.

C'est bien plus complexe que cela, parfois une âme vient, souffre et s'en va uniquement pour permettre à une autre d'évoluer. C'est une des plus grandes preuves d'amour qui puisse exister. Mon âme est jeune mais peu à peu, tu comprendras, c'est si nouveau pour nous aussi, la Vérité ne se révèle bien souvent que de l'autre côté de la rive. Tant de gens perdraient de leur insupportable assurance en matière de spiritualité s'ils savaient vraiment que tout ce qu'ils détiennent est infime... Oui, Jean-Paul, je voulais être ta femme, je l'ai dit ici, à mon arrivée, et l'on m'a répondu : « Mais tu es sa femme ! » Tu vois, cela peut sembler bien complexe, mais la complexité des sentiments humains se dilue, ici, dans la limpidité de l'amour. Tu verras, Jean-Paul, continue de te dépouiller, donne ce que tu as quand ceux que tu aimes sont dans le besoin.

N'aie jamais peur, tu ne seras jamais démuni au point de mendier. Ce n'est pas dans ton destin de connaître l'extrême pauvreté, c'est une épreuve que tu as déjà vécue, donc qui n'est plus nécessaire. Tout à l'heure, en arrivant de l'aéroport, tu as senti ma présence très fortement à tes côtés, dans la voiture, et la tristesse d'avoir quitté ta sœur s'est envolée. Tu vois, mon amour, tu y arrives, tu peux guérir aussi, à condition, à ce moment-là, d'être un parfait fil conducteur entre la personne malade et nous. Sois pur, n'embrouille pas ton esprit, le mal passe dans tes mains et disparaît ensuite, mais les mains ne peuvent rien si le cœur est absent et si l'esprit n'est pas disponible. Je suis là, Jean-Paul, près de toi, je te vois, je te souris, je te caresse et toi, tu me fixes parfois sans me voir. Notre livre, mon chéri, va poursuivre son chemin, n'attends pas la renommée, la reconnaissance, cela n'a aucune sorte d'importance. Le retentissement dont te parle souvent Isabelle concernant le livre est celui du cœur, c'est-à-dire qu'il atteindra des âmes souffrantes, désolées, tristes, désespérées sans que parfois tu n'en saches rien. Tu comprends, n'est-ce pas ? Carole a raison qui te conseille les conférences et de te consacrer à ceux qui souffrent. Je te sais réticent, mais tu verras, je te ferai signe quand tu pourrras tout abandonner pour t'y consacrer. Ceux qui viendront vers toi seront soulagés, guéris, puisqu'ils ne viendront jamais par hasard. Mais toi, tu ne devras jamais rien attendre d'eux. Nous veillerons à ton quotidien, mais j'insiste sur une gratuité totale. Ils viendront, envoyés par nous, donc leur démarche est prévue de tout temps comme est prévu le temps de leur guérison. Surtout, ne précipite rien, attends, agis doucement, lentement ; avant, tu dois comprendre encore bien des enseignements. Prie, confie-toi à Dieu, à tes guides, à moi qui ne cesse de veiller sur toi. Dis à Carole que son petit va guérir de son handicap oculaire. Chaque fois que tu le peux, pose tes mains sur ses tempes, c'est de là que vient le mal, c'est de là qu'il partira. Il faut, là aussi, du temps, nous ne pouvons tout faire à l'instant où vous le demandez.

Je vais te laisser, mon chéri, sans te quitter vraiment ; Isabelle t'embrasse très, très fort. Bientôt, je te raconterai l'histoire de notre rencontre, ici, chez nous. Continue à écrire chaque fois que tu sentiras que je suis là, j'authentifierai ces messages très bientôt, sois patient.

L'autre jour, l'autre soir plutôt (le soir, ici, n'existe pas), je t'ai fait un coucou mais tu t'es endormi trop tôt ; parfois j'oublie vos contraintes terrestres... Donc je suis souvent en retard de quelques minutes de votre temps. Tu peux dire aussi à Carole que c'est bien moi qui lui ai caressé la joue l'autre nuit[1], je l'ai réveillée car on ne maîtrise pas toujours parfaitement son énergie. Ce n'était pas une petite tape mais une grosse caresse, pour lui dire que je l'aime comme elle m'aime et que je la comprends. Tout s'arrangera, qu'elle garde une confiance absolue en nous.

Je t'aime, gentil poète, mon poète.

P.

LE 2 MAI 1993, 19 H 15

Bonsoir, mon amour, je suis là, si près, tu sais, nous avons voyagé avec vous et calmé vos angoisses dans l'avion, il a si peu bougé alors que des turbulences étaient prévues, si tu savais nos possibilités ici, mais hélas, toujours restreintes par votre mental quand il s'agit de vous atteindre, de nous manifester. Nous pouvons beaucoup sans pour autant avoir la permission de le faire. En désirant votre bien, par des manifestations trop intempestives, nous pouvons vous faire du tort, alors nous essayons d'être excessivement prudentes. Jean-Paul, je comprends la tristesse de N.

Nous ne pouvons pas influencer quelqu'un à aimer s'il ne le désire pas, dans ce cas précis. Il [son compagnon] l'aime, il n'est point indifférent et, sais-tu ?, il est souvent, par l'esprit, avec elle. Il a dressé des murs

---

1. Carole m'avait confié un matin au téléphone qu'elle avait été réveillée en pleine nuit par une petite tape sur la joue.

entre lui et son amour, il lui faudra du temps pour que ces murs s'écroulent un jour. Il doit comprendre que parfois c'est trop tard et comme tu l'as dit un jour : « On ne doit jamais remettre un "je t'aime" au lendemain », il y a des "je t'aime" non dits qui pèsent plus lourd que le poids d'un rocher, que le poids d'un remords. » Jean-Paul, mon amour, je sais, tu es un peu souffrant en ce moment et pourtant, grâce à tes médicaments, tu es plus disponible, je ne veux pas dire pour cela que tu dois être plus souvent malade, non, je veux dire que tu dois plus souvent faire preuve de disponibilité sans l'aide de cachets. Tu comprends ? J'ai trouvé si beau le cri d'amour d'Axel en te voyant tout à l'heure à l'aéroport. Jean-Paul, tu es aimé, tu es élu. Chaque être est élu s'il aime et s'il est aimé. Le bonheur, le salut ne viennent pas de la science, de la connaissance, mais de l'amour.

Je m'en vais, mon chéri, sur la pointe des pieds. Appelle-moi, si tu veux me parler, si tu veux te confier. Je suis là, pour toujours près de toi ; c'est toi auprès de moi, c'est moi en toi. La fiancée est heureuse et l'amie invisible aussi.

P.

LE 10 MAI 1993, 0 H 30

Mais oui, Jean-Paul, j'étais là, j'attendais. Tu n'es pas toujours facile à joindre, tu sais, un peu comme quand j'étais sur terre. Que de fois j'attendais, je n'osais pas, je ne voulais pas être un poids. Jean-Paul, tu avances à grands pas et pourtant pas assez vite. Je te comprends, je sais ce que tu ressens, mais ne t'inquiète pas, tu ne pourras plus renier le chemin parcouru. Les occasions arriveront bien vite où il te faudra faire preuve de patience, de tolérance, de charité, ce mot étant pris, bien sûr, dans son sens le plus noble. C'était bien moi qui ai caressé le joli visage de Carole, ses si beaux cheveux, elle le ressent bien plus que toi ! Je suis aussi chez maman, les femmes quand elle font taire leur mental toujours trop éveillé peuvent nous percevoir peut-être plus que la plupart des hommes. Question de sensibilité. Que veux-tu que je te dise sur la situation de Carole ? Tout s'arrangera, je me répète, mais Xavier doit comprendre des choses très importantes pour son évolution. Quand il les aura comprises, alors tout se débloquera, que Carole ne se tourmente plus, elle sera aidée, beaucoup et toujours aidée. Par toi, par moi à travers toi, par d'autres aussi.

C'est bien que tu penses à un autre livre sur la vie après le départ terrestre. Qu'y a-t-il de plus important que l'espoir que l'on peut offrir à ces millions de gens qui souffrent, qui cherchent ? Consacre-toi à ça, Jean-Paul, le reste a peu d'importance. Avec Isabelle, nous te révélerons bien des aspects de notre vie qui n'ont pas été encore très bien compris, très bien étudiés. Résiste, mon chéri, juste un peu au sommeil et écoute : je vais te faire un petit signe pour que tu saches que c'est bien moi.

Je t'aime.

P.

LE 11 MAI 1993, 0 H 25

Bonsoir, Jean-Paul, mon aimé, mon amour. Tu as été troublé par mon message d'hier car je te promettais une preuve ou un signe et tu estimes ne pas l'avoir reçu, alors ta conclusion ne se fait pas attendre : tu te dis que ce n'est pas moi mais ton mental qui te dicte ces textes. Mais, Jean-Paul, Carole a raison, quand elle te disait tout à l'heure que, peut-être, j'essayais de me faire remarquer en t'embrassant, en te caressant mais tu ne voyais rien, tu ne ressentais rien, car trop fatigué. Ce n'est pas « peut-être » c'est « sûrement ». Je te le dis, tu as eu des signes mais tu ne les as pas perçus. La prochaine fois, fais un effort toi aussi. Un signe, c'est une rencontre. Comprends-tu ? Nous avons besoin de vous, de votre attention, de votre médiumnité. Ne dites pas : « Moi, je ne vois rien, je n'entends rien, car je ne suis pas un médium. » Quand on aime, quand l'amour vous possède, on est médium. Je ne connais point d'amoureux, aimant d'un grand amour, qui n'ait point de médiumnité en lui. L'amour est l'expression la plus sublime de la sensibilité, comment pourrait-on connaître cette expression, la ressentir sans être un peu médium ? Qui aime profondément est médium. Tous ceux qui ont « perdu » un être, pour un instant, car la vie n'est qu'un instant dans notre éternité, sont capables de percevoir un signe de cet être aimé. Seulement, pour cela, il faut calmer son esprit, être disponible, ne plus s'écouter mais écouter. Devenir un instrument de musique qui attend son musicien. Je le dis encore : qui est capable d'aimer plus fort que son égoïsme, plus fort que son désir de se plaindre, de s'apitoyer sur lui-même, peut entendre et voir les signes de l'Au-delà. Ceux qui sont sourds et aveugles doivent s'interroger sur eux et non sur notre incapacité à nous faire entendre. Plus qu'une interdiction « céleste » à nous manifester, c'est vous-mêmes qui obstruez le rayon lumineux que nous vous envoyons. Ce que tu reçois, Jean-Paul, tu pouvais le recevoir il y a des mois déjà. Mais tu n'étais pas *libre*. Ce n'est pas un reproche, loin de là, chacun va à son allure, mais c'est pour illustrer tout ce que je viens de dire que je te souligne cela. Ainsi, pour guérir, c'est exactement pareil. Vous pourriez vous guérir les uns les autres sans l'aide d'aucun médicament si vous étiez libres pour laisser entrer en vous l'amour, pour que la lumière que vous étouffez en vous rejaillisse enfin. Vous pourriez voir plus loin, entendre plus haut, si vous le désiriez. C'est ce que nous apprenons ici, avec plus de facilité que sur terre, nous apprenons à nous libérer, à libérer la force qu'il y a en nous. Quand nous sommes libérés, alors nous pouvons *voler*, je te le jure, Jean-Paul, toi qui rêves depuis tant de temps d'avoir un corps capable de voler, ici ce n'est pas un rêve, c'est une réalité. La réalité de chaque instant. Nous volons si nous le désirons, nous nous dédoublons autant de fois que nous le désirons, ah ! Jean-Paul, si tu savais, si tu pouvais imaginer la paix, le bonheur, la liberté qui t'attendent ici. Mais il faut que, malgré cette promesse de sérénité, vous viviez *jusqu'à la dernière seconde* votre passage, votre existence terrestre.

N'abrégez pas, malgré les épreuves même les plus éprouvantes, n'abrégez pas votre vie. Si vous le faites, vous ne serez pas en paix ou plutôt la paix, à cause de vos regrets et de vos remords, tardera à vous atteindre.

Jean-Paul, je te sens fatigué, il est tard, mille fois pardon, nous reprendrons bientôt si tu le veux. Je t'aime infiniment. Mon amour libérera l'amour que tu portes en toi. Laisse-toi aller vers l'amour, sans peur, sans crainte. Que l'amour soit la référence suprême, ton point de repère, ton but et ton idéal.

P.

LE 12 MAI 1993, 23 H 15

Bonsoir, doux Jean-Paul, pardonne-moi, la journée a été longue pour toi et tu as sommeil, mais je voulais te dire un petit bonsoir affectueux. Ne t'irrite pas après les gens qui n'apprécient pas ton travail. On ne peut plaire à tous. L'important, c'est l'idée que l'on se fait de son propre travail. Les critiques sont moins meurtrières que les remords, que la sensation d'insatisfaction. Si tu es en paix avec toi-même, tu peux faire front à toutes les critiques sans être ébranlé. Si, au contraire, tu doutes, les critiques pénétreront par les fissures de ton cœur et te rongeront. Moi, Jean-Paul, j'aime ton travail, j'aime ce que tu deviens. Ce que tu deviens, ce que tu seras, tu l'étais déjà pour moi, il y a longtemps, j'en avais la prescience et je t'admirais pour cela, mais j'avais été incapable de le formuler, c'était trop tôt.

Voilà, ma lettre est un peu courte ce soir, mais nous reprendrons quand tu le désires. Pense à ton livre futur, élague tes projets, tes différentes activités, je t'assure que certaines ne sont pas indispensables. On se crée ainsi, sur terre, des occupations qui ne sont que brassage de vent. Quand nous arrivons ici, la phrase que l'on murmure le plus souvent c'est : « Si j'avais su ! », tout comme quand vous pensez à votre adolescence, aux rêves vains, aux futilités qui semblaient pourtant importantes, à tous les trompe-l'œil, c'est exactement la même chose quand on juge d'ici le temps perdu sur terre.

Je t'aime, mon doux amour. Tu es doux à ma pensée, tu es doux à mon âme, à mes rêves.

P.

LE 18 MAI 1993, 0 H 12

Jean-Paul, je connais ta tristesse et ton désarroi. Ton envie de mourir aussi parfois, mais surmonte cela, Jean-Paul, tu dois travailler encore, ta tâche n'est pas finie, après tu viendras et nous serons heureux, mon chéri, nous serons heureux enfin, mais ne te décourage pas, continue ce que tu dois faire. Ce sont des moments douloureux de fatigue et de renoncement mais je suis là, je vois, je sens tes états d'âme, rien ne m'échappe de ce qui te concerne mais je te souris, Jean-Paul, car je vois plus loin que ce que tu ressens et ce que je vois c'est un immense bonheur, une plénitude totale. Continue à travailler, je te le redis, construis, aime et tu avanceras plus vite vers ce bonheur. Pour ceux que tu aimes, je les aime aussi et je fais tout mon possible pour les aider. Je suis avec toi. Pour toujours. Je t'aime, courage, mon aimé, courage.

P.

LE 4 JUIN 1993, 20 H 50

Bonsoir, mon amour, mais oui, je t'entends, je fais mon possible pour Xavier, ça ira, ne t'inquiète plus, ici, je vois le temps passé, présent et futur, donc je peux te dire que tout ira vraiment bien pour lui, pour Carole et Axel. Pour toi aussi, je suis fière de notre livre, le prochain que tu écriras sera également beau. Jean-Paul, je suis triste parfois de ta tristesse, mais je ne suis jamais désespérée car je sais ce qui t'attend et ce qui t'attend est lumineux. Continue ton chemin, reste excessivement gentil, corrige tes petits défauts, les grands ont à présent disparu bien qu'ils puissent ressurgir parfois, le temps d'un instant.

Jean-Paul, dès que tu m'appelles, je le sens et instantanément je viens te voir, je me blottis contre toi, j'entends battre ton cœur, j'entends chanter ou pleurer tes pensées. Sois patient et regarde toujours vers le haut, vers le futur. Tu vois, cette expérience si traumatisante des tentatives de suicide de ton ami témoigne encore de ta fragilité, de ta vulnérabilité, pourtant que de lettres t'avons-nous adressées avec Isabelle pour que tu sois fort. Ce n'est pas un reproche, tu sais, mais je voudrais que l'on ne te fasse, que tu ne te fasses plus de mal, reste sensible bien sûr, ta créativité naît de ta sensibilité, mais essaie de ne plus être un écorché vif. Je sais ce que tu penses, moi aussi, j'étais comme toi, peut-être même beaucoup plus, mais je n'avais pas reçu tout ce qui t'est offert, c'est-à-dire les mots, les pensées, le réconfort d'Isabelle et les miens qui sont étroitement liés.

Je t'aime, Jean-Paul, ne l'oublie jamais. Tu veux des manifestations pour te prouver que je suis bien là, la meilleure des manifestations est en toi, je peux te faire sentir ma présence sur tout ton corps si tu fais de ton corps une terre prête à m'accueillir, libère tes angoisses, tisse sur ton cœur les fils doux et légers de la plénitude et je viendrai m'y allonger, et tu sauras que je suis en toi et tu n'auras plus jamais besoin de manifestations. La plus belle des manifestations est celle de notre amour, il vit, donc je vis puisque, comme toi, je l'attise de mon souffle de vie. Courage, Jean-Paul, c'est un moment d'épreuves, mais je suis là, mes lèvres près des tiennes et mes mains sur tes épaules.

P.

Les messages cessèrent brusquement, du moins ceux de Pascale. Isabelle, elle, ne cessa jamais de correspondre avec sa mère. Je ne comprenais pas les raisons de ce silence. Isabelle m'incita à essayer de trouver la réponse en moi-même. Je n'y parvins pas. Je me consolais en me disant que cette absence soudaine de messages prouvait, en quelque sorte, que je n'en étais pas l'auteur. Sinon, de toute évidence, j'aurais continué à en écrire longtemps encore. Piètre réconfort en vérité. Je décidai de prendre mon mal en patience. Quatre mois s'écoulèrent sans que le moindre mot venant de Pascale ne vînt rompre cette attente.

Découragé, j'appelai une fois de plus Monique Simonet à mon secours. Monique interrogea Pascale le 23 octobre 1993. Voici la transcription de sa séance :

– Pascale ?
– Je suis là, Monique, près de toi, dans la maison...
– Est-ce bien toi, Pascale ?
– Je suis Pascale...
– Tu vas encore permettre à Jean-Paul d'écrire ?
– Mais oui.
– Jean-Paul a-t-il un blocage ?

– Je ne le crois pas.
– Tu lui parleras encore ?
– Mais oui, je parlerai beaucoup.
– Peut-être est-il fatigué en ce moment ?
– Il faut un moment de repos tous les jours.
– Il doit se reposer. Après tu le feras écrire ?
– Oui, la nuit ou bien le matin.
– Il est vraiment fatigué ?
– Il n'y a aucun doute.

Pascale me conseillait donc de prendre tous les jours un peu de repos. Par repos elle entendait, assurément, une relaxation tant physique que psychique et spirituelle. Par exemple, être allongé dans la pénombre, écouter le souffle du silence, réapprendre à taire les pensées sauvages, le mental anarchique, créer ainsi des instants privilégiés où votre esprit s'harmonise avec ces vibrations d'intense tendresse qui parviennent d'ailleurs : de ceux qui sont partis mais ne sont point tant éloignés que nous le croyons ; de ceux qui nous aident en nous attendant, le temps de notre vie, le temps de leur amour.

Je négligeai pourtant ces moments « d'intimité avec l'invisible présence ». Parfois, l'homme craint le silence comme l'enfant craint la nuit. Le bruit, nous semble-t-il, dissimule bien nos frayeurs et l'ombre des pesantes vérités.

À nouveau, je traversai une période de lassitude, d'incertitude. Le rythme des conférences, des rencontres, la douleur de tous ceux que la mort a atteint dans leur chair, dans leur âme. Leur révolte, leurs doutes, leurs recherches... Cette désespérance qui parfois ne veut rien savoir et qui les emmurait dans leur deuil... Parce que je comprenais leur souffrance, je mettais un point d'honneur à répondre moi-même à leur courrier.

Tâche harassante qui dévorait le temps consacré à l'écriture, au sommeil.

Certains événements me marquèrent plus que je ne l'aurais redouté : ainsi la tentative de suicide de deux personnes proches. Certes, elles possédaient une prédisposition, une tendance suicidaire, mais qu'elles aient pu choisir le prétexte des messages (« Puisque c'est si bien là-bas, pourquoi ne pas y aller ? ») me consterna. Une lecture sélective présente toujours des dangers. (Toutes comparaisons gardées, la Bible nous fournit un bel exemple. Depuis des millénaires, en retirant certains mots, certaines phrases de leur contexte, on parvient à argumenter n'importe quelle thèse, dogme ou doctrine, parfois complètement antinomiques !) Les textes d'Isabelle sont des messages de lumière et d'espérance, mais également de mise en garde. Jamais elle ne prétend que l'Au-delà est un Éden pour tous. Elle précise d'ailleurs que différentes sphères le composent : ainsi, selon la vie qu'il a menée sur terre, selon sa propre évolution spirituelle, chacun choisit son « lieu » qui est aussi un état d'esprit puisque créé, imposé par notre mental et nos expériences vécues. À plusieurs reprises, elle déconseille avec vigueur de mettre un terme nous-mêmes à notre séjour terrestre.

Pascale, également, nous met en garde :

... il faut que, malgré cette promesse de sérénité, vous viviez jusqu'à la dernière seconde votre passage... N'abrégez pas, malgré les épreuves, même les plus éprouvantes, votre vie. Si vous le faites, vous ne serez pas en paix ou plutôt la paix, à cause de vos regrets et de vos remords, tardera à vous atteindre.

Après le départ de Pascale, je connus cette solitude faite de nuits que l'on redoute et de jours où l'on fuit sans cesse pour revenir sans cesse à son point de départ. Je voulais aimer à nouveau. J'accumulais les échecs. Lorsque deux êtres sur la terre se séparent, c'est qu'ils ne s'aiment plus assez fort. Mais l'espoir peut subsister d'aimer, une fois encore peut-être, celui que l'on s'apprête à laisser, d'éveiller à nouveau l'amour chez celle qui va vous quitter. En revanche, lorsqu'il s'agit d'une séparation qui vous est imposée par un sort implacable, vous perdez souvent tout espoir. Comment continuer à vivre, à aimer ? Tâcher d'oublier ? Ne plus parler d'elle, de lui ? Nous les aimons encore, ils ne nous ont pas trompés, ils ne nous ont pas abandonnés pour d'autres amours. De là, sans doute, ce sentiment de culpabilité qui nous étreint, lorsque l'on ouvre sa porte à un autre, une autre. Pourtant, comme le chante avec tant d'enthousiasme Trénet : « C'est la vie qui va toujours, la vie qui nous appelle... » Les portes finissent toujours par s'entre-bâiller, la vie est trop puissante, trop impatiente pour attendre devant, sans rien dire. Alors viennent d'autres amours..., ceux qui veulent tout savoir, qui s'immiscent dans votre histoire, au nom de l'amour, ceux qui sont jaloux de votre passé et qui sournoisement voudraient le chasser, l'effacer, et ceux qui tout simplement vous acceptent.

J'en voulais un peu à Pascale de son silence, j'en voulais un peu à Isabelle de son impétueuse tendresse qui me bousculait sans cesse. Je me fixai une limite dans le temps pour tout abandonner. J'écrirais d'autres livres, je vivrais une autre vie... D'ailleurs, je déplorais que dans ce milieu dit de « spiritualité », fort paradoxalement l'on puisse rencontrer si peu d'humilité et tant de médisances. « Il ne mérite pas de recevoir de si beaux messages », chuchotait-on aux oreilles d'Anne-Marie. Sous-entendu : « Isabelle aurait pu avoir le bon goût de choisir une personne comme moi. » Justement, le choix d'Isabelle n'était pas innocent. Elle savait bien qu'à travers un être têtu (borné, prétendront certains) et « sceptique des plus bruyants », elle pourrait atteindre beaucoup plus de personnes, puisque nous sommes une majorité d'incrédules. Et puis, raison suprême, il y a sa rencontre, là-bas, avec Pascale. Leur amitié, leur tendresse.

Certes, toutes deux m'avaient convaincu : la mort ne peut être le néant. Trop de signes nous parviennent de cet ailleurs. Si la mort était un voyage vers un néant absolu, à quoi servirait de nous instruire, de nous polir, d'essayer de nous élever ? Offrir cette finalité au néant ? Quelle absurdité ! Pourquoi lutter contre les instincts les plus bas, les plus vils ? Pourquoi ne pas consumer nos heures aux joies primaires, animales, plus séduisantes pour beaucoup que l'effort, le travail, les études de la recherche du bien, du vrai et du beau ? Mais peut-être que la preuve de la survivance ne réside pas uniquement en ces milliers de manifestations, de signes, mais dans le cœur même de notre conscience quand nous avons la faculté de la percevoir. La meilleure preuve, paradoxalement, n'est pas « matérielle », mais réside dans une intuition, celle du Divin.

Certes, j'avais acquis la certitude que la vie préexiste à notre naissance et qu'elle se prolonge au-delà de ce que nous nommons la mort. Entre les deux, la vie sur terre est peut-être la moins intense car la plus assujettie aux limitations extrêmes.

Oui, je savais cela, mais pourquoi continuer, puisque Pascale se taisait ?

Un soir d'octobre, exaspéré, je m'écriai : « Quatre mois d'absence, Pascale, que fais-tu ? »

Quelques heures plus tard (toujours ce décalage horaire entre nos deux mondes !), la réponse me parvint, que je n'attendais plus.

« Quatre mois d'absence, quatre mois, dis-tu tout

haut, je n'ai rien reçu depuis quatre mois ! », mais, Jean-Paul, je ne me suis jamais absentée. Toi, tu étais absent, absent de nous, absent de toi-même, tu bataillais sans cesse, tu n'étais ni libre ni disposé à écouter, alors j'attendais, quatre mois chez vous, c'est quatre jours chez nous (c'est une image, nous n'avons plus de jours, nous sommes dans « le jour »). Je ne te fais aucun reproche, mais c'est vrai que parfois j'ai envie de te bousculer beaucoup plus, pourtant je n'ai pas le droit de le faire, chacun suit le chemin à son propre rythme, le tien me semble lent parce que mon enthousiasme me le fait juger lent.

Tu sais, quand je te dis que tu batailles, je le dis avec le sourire, je préfère quelqu'un qui bataille contre nous, contre une certaine idée de l'autre vie, que quelqu'un qui demeure indifférent. Je préfère la mer en colère que la froideur du marbre. À présent, Jean-Paul, riche de toutes ces affirmations nouvelles, tu dois continuer à écrire et à témoigner. Apporter un souffle d'espoir dans un cœur ruiné par la souffrance et le doute, n'est-ce pas la plus noble des ambitions ? Certes, tu n'auras rien de ce qu'attendent les artistes de la reconnaissance publique, mais un jour, un cœur qui te dira « merci » sera la plus douce des récompenses, là où tu seras. Là où je suis, les lumières de la gloire, les médailles, les honneurs sont aussi importants que les médailles en chocolat que dévorent les enfants. Jean-Paul, je suis là, n'oublie jamais que je t'aime.

P.

Voici, ami lecteur, l'histoire continue... parsemée d'imprévus, d'éclairs, d'orages, de silence et d'espérance. Les étoiles qui éclairent le ciel de notre pauvre sphère naissent parfois de la rencontre des anges, là-bas. Dans le ciel natal.

Nous mourrions du silence des anges si nos destinées leur étaient indifférentes. Les anges nous parlent mais le vacarme de nos frayeurs, de nos douleurs nous empêche d'entendre la réponse à nos prières.

Je souhaite de tout cœur l'acceptation des réponses à toutes vos questions.

J.-P.S.

DEUXIÈME PARTIE

LES MESSAGES D'ISABELLE

De nuit en nuit et de lueur d'aurore en lueur d'aurore, lampe sur ses pas et doucement éblouis par elle comme par l'astre du matin, jusqu'à ce que le plein soleil vienne inonder de sa lumière, c'est dans l'humilité que le miracle pourra opérer.

Dom Loup

Ce que vous entendez dans le creux de l'oreille, proclamez-le sur les toits.

Matthieu 10.27

Ces citations me paraissent illustrer magnifiquement les nouveaux messages d'Isabelle.

Cette expérience merveilleuse que je vis depuis neuf ans m'enrichit profondément. Même si les messages ne me sont plus destinés – ou si peu –, j'y puise une profonde leçon de conduite de vie, j'ai acquis une parfaite sérénité, une paix intérieure sécurisante... J'ai appris à relativiser, à vivre l'instant présent dans toute son intensité.

En toute sincérité, je puis affirmer qu'après beaucoup de remous, de révolte, de douleur, de reculs, j'ai « transcendé » le départ d'Isabelle, et je suis maintenant absolument convaincue qu'elle est dans la vraie vie et mille fois plus vivante que dans notre monde. Et c'est mon cœur de mère qui parle !...

Tout comme je suis convaincue que notre rencontre avec Jean-Paul n'a pas été fortuite... L'expérience et notre cheminement l'ont démontré. Ce livre en commun est également une suite logique, tout comme les conférences qui nous sont demandées dans tous les coins de France...

Nous avons abdiqué, « rendu les armes », devant l'amour et le désir de nos « anges de lumière » de ne pas garder cet enseignement « sous le boisseau[1] ». Nous avons accepté la mission, parfois lourde, dont ils nous ont investis.

Pour ma part, je tiens à remercier tous les lecteurs qui m'écrivent, et je leur demande toute leur compréhension et leur indulgence, car il ne m'est plus possible de répondre à ces milliers de lettres. Des aides précieuses ont été placées sur mon chemin et se chargent, avec beaucoup de dévouement et de générosité, de répondre à ma place... Qu'elles en soient remerciées, car je sais que leurs lettres sont fort appréciées et mettent du baume au cœur de tous ceux qui sont dans la détresse...

Je suis également consciente de n'être qu'un intermédiaire, un relais... Puissent ces messages apporter un peu d'espoir, de paix, de sérénité dans ce monde qui en a tant besoin...

---

1. Expression favorite d'Isabelle.
Qui est aussi une citation biblique :
– Quand on allume une lampe, ce n'est pas pour la mettre sous le boisseau, mais sur son support, et elle brille pour tous ceux qui sont dans la maison (Matthieu 5.15).
– Il leur disait : « Est-ce que la lampe arrive pour être mise sous le boisseau ou sous le lit ? N'est-ce pas pour être mise sur son support ? Car il n'y a rien de secret qui ne doive être mis au jour, et rien n'a été caché qui ne doive venir au grand jour. Si quelqu'un a des oreilles pour entendre, qu'il entende ! » Marc 4.21-24.

C'est mon désir le plus cher... Merci à Jean-Paul d'accepter de les partager. Car, comme l'écrit Arnaud Desjardins : « Quand on a peur, on nage tout le temps, de toutes ses forces pour rester à la surface. Quand on a confiance, on se laisse couler, on se noie et on atteint la profondeur... CONFIANCE... C'est la lumière qui est la vérité ultime. »

Puisse cette lumière illuminer votre route !...

Avec ma réelle amitié.

ANNE-MARIE LIONNET

LE 12 FÉVRIER 1993

Jean-Paul, nous étions, en doutes-tu ? très présentes hier soir [1] et tellement heureuses de cet aboutissement ; ce n'est qu'un prologue. Tu as un petit creux de vague, Jean-Paul, mais tu vas émerger, et cette sérénité, cette harmonie profonde, tu vas les acquérir en profondeur. Sois patient et optimiste. T'avons-nous déjà trompé ? Alors, tu peux nous croire, avoir une confiance absolue.

Les enseignements vous ont été donnés en acceptant, de temps en temps, l'évidence de ces tracas que chacun a choisis. Mais que de vies, sans doute, dont on n'a pas su tirer l'essence bénéfique et salutaire ! Que d'erreurs que l'on n'a pas voulu éviter, que de drames que l'on a volontairement provoqués ! Ce sont des dettes qu'il faut payer... Dieu ne permet pas la souffrance pour le mal, car Dieu est amour et bonté. Il

1. Lors d'une conférence donnée avec Jean-Paul à Paris.

n'accepte pas de mettre dans le cœur la haine, le mépris, la méchanceté, mais Dieu est justice et demande à chaque être, le moment venu, de se juger lui-même et l'être choisit les épreuves en toute connaissance de cause, en toute conscience. Toute souffrance est terrible, toute souffrance abat dans un premier temps, risque de détruire, mais toute souffrance élève et réhabilite. Pensez davantage à cette souffrance qui ouvre les portes de la compréhension et que la vie est derrière ces portes. Laissez couler votre peine, laissez-vous submerger passagèrement par la vague de chagrin, de désarroi, de mal-être, mais remerciez Dieu de vous offrir ce tremplin pour s'élancer sur la crête de la vague, vers une vie plus lumineuse et plus sereine. Offrez vos souffrances, vos douleurs et acceptez de remplir votre cœur de cette confiance absolue, avancez dans cette confiance, acceptez l'épreuve, le mal-être et l'issue de cette épreuve, de ce mal-être. Nous sommes là, près de vous, nous vous regardons, nous vous écoutons, nous vous conseillons pour vous aider à porter ce fardeau passager, pour vous aider à vous analyser à fond, pour vous faire « éponger vos dettes antérieures » et vous faire avancer vers la lumière. Ne te lasse pas, Jean-Paul, d'appliquer les petites « recettes » que je t'ai susurrées, mais ces moments de peine, de désarroi, laissez-les couler, s'exprimer.

Laissez couler ce flot désemparé, quand le vase sera vide il pourra se remplir de parfums merveilleux qui exalteront vos jours à venir. Tu n'aimes pas trop, as-tu dit, les mots « négatif » et « positif » (toi, le poète, pourquoi ne pas en créer de même sens ?), il faut tuer la noirceur et puisque tu sais que la mort est la vie, fais que de ces cendres et de cette tristesse naissent le bonheur et l'azur. La désertion lâche et inutile ne rend pas la vie facile, bien au contraire, accroche-toi, mon ami, avec plus de force, réagis avec vigueur, accepte tous les instants que tu vis, recompose ta vie, secoue ton apathie passagère, accepte d'être instruit et éclairé comme tu le fais actuellement.

Nous t'épaulons, nous te soutenons, notre amour est inconditionnel, reprends pied dans cette vie que tu dois accepter car le rêve n'est pas tout. Tu atteindras la rive, ton demain sera un autre jour.

ISABELLE

LE 14 FÉVRIER 1993

Bonsoir, Jean-Paul, tu vois bien que ton inquiétude était vaine et que les messages continuent. Si je ne t'ai pas parlé davantage de la conférence, c'est que nous en étions très heureuses, qu'il y en aura d'autres que vous peaufinerez peu à peu. Regrettes-tu ta vie passée ? Regrettes-tu tous ces messages ?

Regrettes-tu ton cheminement ? Regrettes-tu l'avancée que ce cheminement te procure pour « après » ? Regrettes-tu de devoir rejeter la peau du vieil homme ? Ta route ne doit pas être basée sur la crainte, sur la peur, mais sur la joie, la sérénité. Nous essayons de t'y conduire, le regrettes-tu ? Quand tu te rends compte de l'impact qui se crée actuellement, peux-tu regretter de donner réconfort et espoir ?

Il est possible que cette « mission » te pèse parfois, être élu comporte des avantages mais aussi des responsabilités.

Pour en revenir à ta question sur les soins et la possibilité de guérir par vos mains, je t'ai dit l'essentiel ; il y a, vous le sentez bien, une formidable accélération de l'énergie sur toute la planète. Cette énergie, chacun est libre de s'en servir, de la capter pour avancer, pour évoluer, mais le déclencheur de cette énergie est au fond de vous, tout à l'intérieur. Prenez le temps d'aller voir au fond de votre être, c'est un geste d'amour envers vous-mêmes. Il ne faut pas avoir peur des changements, car ils sont bénéfiques, et quand le calme et la paix sont au fond de vous, vous vous centrez, vous vous pacifiez. Les sentiments, les comportements refoulés provoquent des désordres, en fait, l'origine des faiblesses du corps réside dans l'âme, alors, quand tout sera en ordre et en harmonie, tu pourras soigner les autres, même pour des maladies importantes, éventuellement les guérir (si elles ne sont pas karmiques, comme je te l'ai déjà dit), tu peux soigner en pensée *et* aussi avec tes mains car tu passes l'énergie, mais il faut que tu saches que tu n'es qu'un canal, comme la médiumnité, ce sont les forces captées « chez nous », suivant ton expression, avec l'aide et l'accord de ton guide, bien évidemment, il faut que le but soit pur, désintéressé, altruiste, c'est un don que tu ne dois pas monnayer. T'ai-je déjà cité cette phrase : « Il n'y a pas de véritable guérison s'il n'y a pas changement de perspective, paix de l'esprit et bonheur intérieur » (si oui, pardonne-moi, mais elle est très révélatrice) et surtout, garde en mémoire, mon ami, et vous tous qui lirez peut-être ce message, que cette vie terrestre, où dans les ténèbres et la souffrance vous cheminez, n'est que le résultat inéluctable d'autres vies que vous n'avez pas pu ou vous n'avez pas su utiliser pour aller vers la lumière et la paix. Mais il vous faut apprendre à ne plus exiger, à ne plus accaparer.

Si tu désires d'autres conseils et si je peux te les

offrir, je suis, nous sommes, Pascale et moi, tellement désireuses que tu les acceptes.

Avec notre amour lumineux.

ISABELLE

* Amour de la Saint-Valentin, mais amour de tous les jours et amour intemporel et absolu.

LE 21 FÉVRIER 1993

Jean-Paul, fais confiance pour *tout* : pour le livre, pour la vie quotidienne, mais une confiance en profondeur, ne te focalise pas sur certains aspects, laisse faire, laisse-toi guider, garde ta sérénité, travaille sur tous ces points positifs, mais pas seulement en paroles, mais en pensées profondes, en croyance totale. Non, nous ne nous éparpillons pas, nous sommes constamment avec vous et ailleurs, mais vous êtes notre priorité. Tu n'as pas complètement assimilé certaines données, tu y adhères intellectuellement, mais tu ne les portes pas encore assez profondément en toi. Tu es quelqu'un qu'on sollicite souvent et de plus en plus pour répondre avec sympathie et intelligence à ceux qui souffrent ou qui se préoccupent de ces questions sur la vie après la vie. Il faut que tes affirmations soient absolument sûres et authentiques, je le répète, il faut que ton ego ne soit plus hanté par la douleur sauvage, par la quête de quelque chose situé au-delà de ce que le monde renferme, il faut que tu deviennes profondément convaincu que ce quelque chose est transfiguré et infini...

Venons-en à Axel[1], maman t'a donné la réponse, mais tu la savais déjà. Il est certain que ce « petit bout » est un être très réceptif, très éveillé ; il est certain que Pascale l'aime beaucoup et qu'il la voit, en doutiez-vous ? Voilà pourquoi je vous ai déjà dit d'être très attentif à ses réactions, à son comportement, à son langage, c'est l'époque bénie. Profitez-en bien, le temps passe si vite pour vous. Soyez très attentifs, très à l'écoute, un enfant si fragile et en même temps rempli de cette force, de cette connaissance qu'il a amenées d'ailleurs. Il lui faut la paix, la tendresse, la compréhension, il lui faut l'écoute attentive, l'amour est le nid où l'on se blottit, et pourtant cet enfant n'est enfant qu'à vos yeux, car le bébé que vous bercez ou le petit enfant que vous cajolez, ce fardeau d'amour que vous serrez sur vos cœurs est souvent plus vieux que vous, si vous pouviez additionner les temps passés dans d'autres vies. Il est là avec sa mission, il a choisi le chemin terrestre qui le mènera lui aussi vers les portes de la paix, de palier en palier, tout comme vous. Alors, en plus de votre attention, vous devez l'aider en l'éduquant dans un amour merveilleux, en lui faisant comprendre la puissance d'un geste, la grâce de l'offrande d'amour, en lui apprenant à s'élever sur l'amour constructif et la beauté véritable, sur la force d'acceptation, sur la douceur, en lui apprenant la vanité du luxe inutile, du vice honteux, en le guidant comme nous vous guidons, dans les mêmes sentiers, alors, aimez et veillez. Si vous acceptez l'amour divin que vous recevez, baignez-le de cet amour, ce sera le plus beau des baptêmes. Écoutez-le avec attention, c'est un cadeau merveilleux, mais aussi une tâche importante, car son choix a été pesé, analysé, il est

1. Dans la nuit du 15 février, Axel (vingt-sept mois) s'est réveillé en disant : « Ai vu passer Pascale. »

venu dans cette famille, non par hasard ou par erreur, mais par choix, de même que vous l'avez choisi. Vous devez l'accompagner, l'aider, mais non vouloir le posséder ou le retenir à tout prix.

Je le répète, soyez très attentifs à toutes les paroles, à tous les signes, car peu à peu il les oubliera, mais le temps n'est pas encore venu !

Bonne nuit, Jean-Paul, nous sommes avec toi et avec tous ceux que tu aimes.

ISABELLE

* Sois patient, accepte l'attente et reste optimiste (pour ne pas dire « positif » !).

LE 23 FÉVRIER 1993

Bonsoir, tous les deux (pardon, maman, ce soir ce n'est pas *Mission impossible*, mais *Amicalement vôtre*, deux feuilletons que je regardais avec beaucoup d'intérêt, c'est un petit clin d'œil !).

Ne rechigne pas, Jean-Paul, et ne capitule pas si vite, il faut de la constance, de la patience, tu veux tout avoir, dans l'instant, nous t'accordons ce que nous pouvons et devons te donner, car, tu l'as dit toi-même, il faut un travail sur toi qui n'est pas encore achevé. Il faut apprendre à te « centrer », ce qui veut dire rentrer au centre de toi, là où règne le silence intérieur. Si tu te centres, tu te calmes, tu pacifies tout ton être, si tu veux obtenir un résultat durable, apprends à te centrer, veux-tu une « recette » ? Tu fermes les yeux, tu serres tes pieds l'un contre l'autre, tu crées et visualises en toi un axe le long de ta colonne vertébrale, ton arbre de vie, imagine-le de bas en haut jusque sous tes cheveux. Concentre-toi sur ta respiration en suivant son circuit : pense air, nez, gorge, poumons. Ferme les mains en serrant les poings pour emmagasiner cette énergie, plus tu prendras conscience de ta respiration, plus tu vas te calmer, te pacifier et tu te sentiras au centre de toi, tu ne te sentiras plus éparpillé, écartelé mais de plus en plus uni et complet. Il faut le faire régulièrement et, au fur et à mesure, tu te sentiras devenir plus fort à l'intérieur de toi, c'est simple et merveilleux, ose faire cet exercice et ne te décourage pas.

Je parle aussi pour Axel et pour ce que tu veux réaliser pour lui... et pour d'autres, car tu peux l'aider non seulement à dormir, mais bien plus encore ; vous êtes des outils de l'évolution des enfants, parents ou proches, tout comme l'enfant est un outil d'évolution pour vous, évoluer avec lui, voir en lui cette pureté émotive qui puise au réservoir de sagesse de son cœur, lui enseigner à rester au diapason de ses émotions, c'est surtout du plaisir de l'être et de vivre la vie que vous voulez vivre. La majorité de ces frustrations, de ces croyances restrictives vient d'un transfert de génération en génération. Si votre enfance a eu des problèmes, il est probable que l'enfance de vos parents, de vos grands-parents ait été également problématique. Si, en cours de route, personne n'a pu améliorer la situation, c'est votre responsabilité, c'est votre travail, et puis, ancrez dans votre âme cette maxime : « Quand on base son bonheur sur des futilités, il est impossible d'évoluer », n'oubliez pas qu'il vous faut posséder l'espoir tout au fond de vous, car si vous l'avez réellement, vous pouvez le transmettre : les gens veulent de plus en plus entendre des mots d'espoir dans votre monde, des mots qui vont les remettre en contact avec leur force intérieure, le ressourcement intérieur est très important. Je te parle de plus en plus de la prière, la Bible, bien interprétée, est peut-être le plus grand livre de psychologie ou de médecine qui existe, mais qui la lit ? Priez et rayonnez autour de vous.

Voilà encore un message un peu abstrait, non ? Plus pour vous, car les étapes franchies nécessitent un travail plus en profondeur. Si parfois votre cœur est enveloppé d'un voile gris – comme le temps ! –, ce voile qui représente un problème empêche les rayons du soleil de se faufiler à l'intérieur de vous, mais si vous réglez ce problème, les nuages se dissiperont et la lumière rejaillira dans votre cœur. Soyez en paix profonde, nous vous entourons de toute notre protection, de notre amour, de notre lumière.

ISABELLE

* Choisissez un comportement constructif. Cela demande souvent beaucoup d'imagination, mais tu en as « à revendre », toi, Jean-Paul. Utilise-la bien et tu deviendras maître de ton bonheur. Bon séjour dans ton île si belle !...

LE 28 FÉVRIER 1993

Bonsoir, ami, nous voulions te dire au revoir, bien que nous ne t'abandonnions pas, avant ton départ pour la Corse. Bien sûr, nous serons avec toi, c'est fabuleux, non ? Essaie de te détendre, de décompresser, sans oublier les petites recettes données, tu auras plus de temps. Sauras-tu le prendre ? Car c'est un travail de longue haleine et non un petit exercice de temps en temps, il faut que ce soit suivi, régulier, si tu veux obtenir des résultats positifs et durables. Il faut ainsi travailler sur toutes vos peurs, vos blocages, les analyser, les décortiquer et les neutraliser.

C'est votre responsabilité de faire quelque chose à ce sujet. Quand vous neutralisez une crainte, une angoisse, une peur, et que vous la remplacez par une nouvelle joie de vivre, vous rendez le monde meilleur. Vos amies les plus révélatrices sont vos émotions, car elles sont le baromètre de ce qui se passe en vous. Apprenez à les utiliser pour vous « élever », plus vous vous permettrez d'accepter de bonnes émotions, plus il y aura d'amour, de liberté, de bien-être dans votre vie, car vous avez enfoui certaines émotions, ensevelies sous des couches et des épaisseurs de restrictions, de freins, c'est à vous de les libérer ! C'est un travail de libération, d'épanouissement, je le répète, mais c'est vous qui décidez du moment et du moyen. Pour ce faire, notez vos émotions négatives, négatives face à vous-mêmes, dans votre entourage, dans vos relations, dans votre travail, vis-à-vis de votre santé, et j'en passe ! Questionnez-vous pour savoir quelles peurs se cachent derrière ces émotions, les émotions négatives ne sont pas naturelles, elles sont apprises, les émotions positives sont innées en chacun de vous. La première étape de ce changement est d'accepter de croire que vous êtes le seul et unique responsable de votre vie. Les émotions négatives sont une forme de privation basée sur la peur, je le dis de nouveau, la maladie psychosomatique est une forme de privation, de frustration émotionnelle : la privation d'être soi-même, lui donner la vie dans son essence même. Pour la plupart d'entre vous, le défi primordial est de reprendre contact avec votre vérité profonde en enlevant les conditionnements, les refoulements d'émotions et les rôles dont vous avez été investis, dès le départ. L'expérience du cheminement suivi d'un enfant déclenche votre propre cheminement, c'est un merveilleux moyen de reprendre contact avec l'enfant pur au-dedans de vous avant qu'il n'ait été le jouet du conditionnement. L'enfant qui sera affectueusement guidé à travers l'apprentissage difficile du senti et des émotions deviendra un enseignant de premier ordre pour l'adulte qui l'aime, l'adulte préoccupé par sa propre évolution ; il faut guider l'enfant dans l'expression de sa vérité, et donner ainsi la possibilité à cette âme merveilleuse, probablement très évoluée, de cristalliser très tôt son acquis antérieur et de faire de son chemin une véritable symphonie d'évolution, bâtie sur l'amour.

Je change de sujet, mais je voulais simplement essayer de vous dire qu'il ne sert à rien de blâmer ceux qui vous ont fait du tort, car la rancune vous maintient dans une situation de victime, regardez les choses sous un autre jour et vous verrez que du mal peut sortir un bien. Apprenez à pardonner et vous serez libérés, car la clé de voûte du cheminement, c'est de reconnaître que vous êtes venus délibérément pour vivre des expériences afin de retrouver votre vérité, de développer votre sagesse et découvrir le pouvoir absolu de l'amour, et apprendre à troquer vos plaisirs contre des joies.

C'est notre travail de vous y aider, dans l'amour et la tendresse qui nous habitent.

ISABELLE

* Vivez le moment présent : hier n'est qu'un rêve et demain une vision illusoire. Vivez « ici et maintenant ». La sagesse et la joie que vous en retirerez feront d'hier un rêve de bonheur.

Le 8 mars 1993

Bonsoir, Jean-Paul, bonsoir, maman, mais non, le contact n'est pas rompu. Nous vous avons laissé un peu de vacances à tous les deux, tout en étant toujours avec l'un et avec l'autre ; surtout, n'aie aucun regret pour *La Fiancée des cieux*. Il est très beau tel qu'il est et tu en verras les répercussions. Peut-être le concevrais-tu différemment si tu le commençais maintenant, parce que tu as encore changé, évolué depuis le début, mais tu en feras sans doute un autre. Maman te le dit, tout le monde l'attend avec une impatience ! Nous t'avons tellement poussé, bousculé pour que tu l'écrives ! Tu sais, ces petits à-coups de santé que tu as depuis quelque temps sont aussi un signe de ton travail, de ton « nettoyage » intérieur, si j'ose m'exprimer ainsi, rien n'est fait au hasard, tout a un sens profond. Tu élimines beaucoup de choses, comme je te l'ai déjà expliqué, ce corps méconnu, vous le malmenez souvent par ignorance, et ce, dès la naissance, alors que sa pureté est au maximum ; il hurle déjà son mécontentement et le manifeste sous toutes formes de fatigues, de malaises, de maladies, lorsqu'il est en pleine santé, ce corps ne reçoit que peu d'attention, mais c'est un immense tableau indicateur que vous devez apprendre à lire et qui pourra vous situer avec précision vos tensions, vos blocages, tout ce qui n'est pas conforme avec votre vérité profonde. C'est l'incroyable véhicule d'énergie de votre vie ; si vous vous attardiez sur ces énergies qui vous habitent sur la compréhension de ces énergies, tout serait transformé, le corps est un temple d'une fabuleuse ingéniosité dont vous avez l'entier pouvoir de disposer, avec votre libre arbitre et ce sont les émotions qui sont le moteur ou le frein. Le refus d'une émotion, c'est-à-dire une émotion non ressentie, refoulée, produit un blocage de l'énergie vibratoire, empêchant ainsi l'énergie divine de circuler librement à travers ce corps conçu comme un canal. Quand il y a blocage, cette formidable énergie prend une allure destructrice à l'endroit précis du frein émotionnel. Selon la nature de l'émotion, le dommage physique sera localisé et le corps va rejeter sous forme d'inconfort, malaise, douleur, l'accumulation de ces dommages, il allume une lumière rouge pour vous signaler qu'il y a quelque chose à regarder, à comprendre. La maladie est un déséquilibre énergétique, alors il faut restaurer cet équilibre, par l'acupuncture, les médecines douces, la relaxation et j'en passe... car la médecine du corps doit être accompagnée de la médecine de l'âme, je l'ai déjà dit. Décroûter le conditionnement, identifier les peurs, les angoisses, le stress, les culpabilités, les illusions, restaurer le contact avec le soi profond, ramener les valeurs dans leur juste mesure vous permettra de redéfinir la véritable fonction de votre corps, qui est le plus puissant outil d'évolution dont dispose votre libre arbitre pour retrouver votre divinité perdue.

T'ai-je déjà cité cette phrase : « L'attitude de l'homme face à ses émotions, reflet de sa compréhension du but fondamental de l'existence, déterminera si les énergies qui l'habitent sont utilisées pour cheminer sur la voie de l'évolution ou pour l'autodestruction de son corps sans lequel rien ne va plus. »

Tendez vers l'unité de votre être.

Courage, Jean-Paul, tu avances, tu avances, et quand tu auras tout appréhendé, compris, assimilé, tu seras dans une forme et une vitalité éblouissantes. Nous t'y encourageons, nous t'y aidons, nous te protégeons, avec un amour sans faille.

ISABELLE

* Continuez votre merveilleux travail, l'impact est mille fois plus important que ce que vous imaginez, je peux vous le certifier.

LE 17 MARS 1993

Bonsoir, Jean-Paul, bonsoir, maman, bien sûr que nous sommes toujours près de vous, que nous avons suivi avec beaucoup d'intérêt votre conférence à Blois. C'était tout simplement superbe, nous étions rayonnantes, vous avez, tous les deux, un impact très fort, d'une façon différente, mais qui touche l'auditoire, vous vous complétez admirablement. D'ailleurs, si nous vous avons tant poussés à cette « association », ce n'est pas pour rien ; votre témoignage sensibilise et touche beaucoup de monde.

Nous sommes fières et si heureuses, et nous vous remercions de vous laisser guider avec beaucoup plus de souplesse, de confiance, car vous êtes venus en ce monde pour apprendre à vous servir de l'énergie, pour aider à votre tour à construire un monde meilleur pour vous-mêmes d'abord et ensuite pour tous ceux qui vous entourent, il faut croire profondément en un monde où la santé, le bonheur, l'amour sont des états normaux pour tous. Les guerres, la violence, la haine, l'intolérance, la souffrance seraient des choses du passé si les hommes n'avaient pas autant de conflits, de débats en eux-mêmes, car chaque conflit que vous résolvez en vous-mêmes est un conflit de moins sur la terre ; le monde devient meilleur grâce à vous : si la lumière vient de l'intérieur, elle éclairera tous ceux qui vous côtoient. Votre aura est un émetteur-récepteur qui vibre sur les ondes de votre esprit et vous attirez à vous l'équivalent de ce que vous émettez. Si vous vous sentez frustrés, vous attirez la frustration, l'inquiétude attire l'inquiétude, l'amour attire l'amour, le bonheur attire le bonheur. Votre aura est une lumière qui attire donc vers vous une lumière du même genre. L'aura grandit par la réalisation de vos désirs. Si vous voulez attirer plus d'amour dans votre vie, devenez une fontaine jaillissante d'amour dans la vie des autres. Si vous voulez trouver plus de bonheur, soyez d'abord heureux en vous-mêmes, si vous voulez attirer plus d'enthousiasme, soyez d'abord enthousiastes en vous-mêmes. Je pourrais continuer ainsi pour tout, car le travail important est là. Si vous mettez l'accent sur ce qui va bien chez les gens, vous mettrez en même temps l'accent sur ce qui va bien en vous.

« Toute chose est dans l'esprit, et rien n'est à l'extérieur », ce qui est, ce qui existe dans votre vie en ce moment même est le reflet de ce qui existe, de ce qui est à l'intérieur de vous. Quand vous devenez meilleurs en vous-mêmes, vous contribuez à rendre le monde meilleur, je le répète, vous êtes, en ce moment même, le résultat de vos pensées, de vos sensations, de vos émotions d'aujourd'hui, vous êtes le seul dépositaire de la lumière qui éclaire votre chemin personnel vers le futur et vous avez toujours le choix de la route que vous voulez prendre.

De toutes nos forces, de tout notre amour, de toute notre lumière, nous vous conseillons, nous vous guidons vers la route de l'azur, de la paix, de la luminescence, de la sérénité et la finalité vers laquelle vous tendez, si c'est cette finalité-là, élève vos vibrations qui vous mènent sur ce chemin de l'évolution.

Notre amour vigilant accompagne vos pas.

ISABELLE

* N'oubliez pas que la vie vous offre un moment d'arrêt, une chance de grandir. Vous devez être maintenant disponibles. La sagesse s'entend dans le silence (ne sois pas si pressé, Jean-Paul !). Pressé pour quoi ? Question à creuser.

LE 18 MARS 1993

Bonsoir, Jean-Paul, bonsoir, maman, tu vas aller de mieux en mieux, Jean-Paul, physiquement et moralement, la douleur peut être une alliée ou une sorcière, vous pouvez l'utiliser comme un enseignement, un guide, une initiatrice, une occasion de croissance ou comme une souffrance, un mauvais sort jeté à l'humanité. Tu as encore quelques zones d'ombre qui veulent resurgir – surtout quand tu es fatigué –, mais c'est souvent le passage secret pour accéder à une plus grande connaissance de soi, et toutes les blessures d'enfant, les carences, les empreintes enfouies dans l'âme et le corps resurgissent avec plus d'acuité. Je vais loin, mais votre propre naissance constitue une base révélatrice pour chaque être. Tout s'est inscrit dans votre mémoire affective et cellulaire, vous pouvez faire le rapprochement entre certaines de vos attitudes face à la vie et en vous rappelant ou en sachant la façon dont vous y êtes entré.

Apprivoiser la douleur demande de se programmer différemment, c'est un long travail, c'est un « nettoyage de printemps », beaucoup pensent que l'on peut tout avoir facilement dans la vie, mais souvent, pour devenir capable d'écouter, d'aider les gens, c'est que vous avez traversé une période de votre vie très douloureuse, très difficile (n'est-ce pas, tous les deux ?) ; pour pouvoir écouter et comprendre les autres, il faut avoir eu mal, très mal à certains moments, et avoir fait le chemin initiatique. Quand vous vous sentez mal dans une situation, vous faites un blocage, il faut apprendre à gérer son énergie, de façon positive, et balayer les craintes essentielles : crainte d'être jugé, peur de la pauvreté, peur de perdre un être cher, peur de la maladie et de la vieillesse, peur de la mort ; notre but est de tout dédramatiser et d'essayer de faire de vous des êtres véritablement équilibrés et positifs, je le répète, mais pas un positivisme de volonté, ce positivisme-là ne sert qu'à éteindre un côté négatif très fort à l'intérieur de vous, je parle d'une démarche positive où vous devez accepter la personne que vous êtes et continuer d'être idéaliste ; il faut une démarche de croissance personnelle et profonde, par une introspection sans complaisance, et par une application dans tous les instants de la vie quotidienne. Vous êtes sur la terre pour redevenir conscients de qui vous êtes véritablement tout en vivant dans la matière, tout en acceptant Dieu dans tous les aspects de votre moi. Les malaises et les maladies physiques – j'y reviens ! –, ce sont des messages de votre Dieu intérieur, pour que vous deveniez plus conscients et pour vous aider dans votre chemin spirituel, les messages du corps sont très importants pour apprendre à vous connaître vraiment, à vous aimer davantage et à identifier les croyances qui ne vous sont pas bénéfiques ; c'est un outil merveilleux, extraordinaire, le corps humain, car tout est lié : douleur physique, douleur dans la vie mentale, émotionnelle et spirituelle.

Tu ne t'attendais sans doute pas à ce message, Jean-Paul, maman non plus, mais il me paraît tellement plus important que les extra-terrestres ! nous en reparlerons, mais là, c'est un travail vital et primordial, c'est votre « confort » intérieur, votre sérénité qui priment pour que vos messages, vos paroles soient ressentis comme totalement authentiques et sincères.

Notre amour infini vous y encourage et essaie de vous conduire sur cette route vers l'harmonie et la lumière. Nous sommes avec vous.

ISABELLE

* Oui, maman, tu as eu un flash rapide et impromptu « Au petit prince ». Je voulais vous signaler notre présence de façon plus tangible. Tout se perfectionnera pour tous les deux. Confiance !

LE 20 MARS 1993

Bonsoir, Jean-Paul, il nous semble que tu n'es pas parfaitement bien dans ta peau en ce moment, nous trompons-nous ? Tu as des hauts et des bas, nous savons que les soucis matériels sont là, dans votre vie, mais il faut essayer de les relativiser. N'y a-t-il pas quelque chose de plus profond ? Toi seul peux répondre, nous essayons de t'éclairer, de t'aider, d'illuminer les méandres de ton esprit et de ton cœur, mais peut-être refuses-tu l'évidence ? Peut-être as-tu peur de ce que tu vas découvrir ? Peut-être as-tu du mal à franchir le cap ? Maman est là pour t'aider, nous aussi, mais sois surtout et avant tout sincère avec toi-même, tu es en période de mutation, sur beaucoup de plans, et nous savons que ce n'est pas facile.

Non, nous n'avons pas exagéré pour les conférences, tu manques encore un peu de confiance en toi, mais tu t'aguerriras, parce que tu es fin prêt. Si tu regardes derrière toi, sans t'y attarder, te rends-tu compte de l'avancée formidable ? La porte qui s'ouvre maintenant s'ouvre sur une vie plus exigeante, sur des difficultés, mais exaltantes, sur des plaisirs infinis, des bonheurs ineffables, des espoirs fabuleux, car le temps des plaisirs et des joies factices est terminé (sauf si tu changes d'avis), et le temps du bonheur positif et définitif arrive à grands pas, si tu le souhaites, mais il te faut refermer la dernière porte et ne plus te retourner, jamais. Tu jetteras la clé, qui s'engloutira dans les remous qui emportent les débris, les eaux troubles, et tu iras vers le miroir limpide et calme de la confiance puissante, accroche-toi dans tes moments difficiles à cet arc-en-ciel que nous lançons vers toi, mais la route tracée est longue, souvent les lacets serpentent sur des pentes dangereuses, alors ne te laisse pas distraire, ne regarde que le sommet à atteindre, et tu iras « là-haut », et tu contempleras l'azur et le vaste horizon de la vie et de l'amour inconditionnel et universel, cela, nous te le promettons, nous te le réservons, nous te le certifions.

Tu crées parfois en toi un monde de questions douloureuses, ou un monde de silence négatif, recompose ce « moi » profond et n'arrête pas d'analyser ce qui s'y passe, car l'analyse déchire bribe par bribe le voile qui occulte une vie. Derrière ces voiles sombres qui s'effilochent, tu seras émerveillé par le bleu lumineux (pour ne pas redire azur) et intense qui te ravira par sa pureté.

Tu as encore certains moments d'une sorte de paralysie, ne les rejette pas, mais ne t'y complais pas, car ces moments sont des instants où tu peux analyser et comprendre, tu le peux et tu pourras encore plus, tu peux tout surmonter, courage ! accepte et crois !

Tu puiseras en toi la force d'élévation qui, seule, est

constructive et quand tu te sens mal, que la prière s'élance de ton cœur, car tu pourras changer ta vie, les plus belles prières sont celles que forment les mots qui fusent du trop-plein d'un cœur lourd et douloureux, peu importent les phrases, les rites, seuls les élans de l'âme comptent.

Comment vas-tu percevoir ce message ? Encore du « verbiage spirituel » ? Mais c'est l'essence même de votre évolution, le cœur du problème, le secret de votre cheminement vers la vraie vie, nous ne renions pas, je le redis, vos soucis matériels car vous vivez dans un monde de matière, mais ce sont des conseils pour vous aider à les minimiser, à les relativiser, à les dépasser, à ne pas vous engluer dans des détails pratiques, à garder confiance envers et contre tous.

Nous sommes là pour vous accompagner, pour vous téléguider, avec votre accord, bien entendu, mais toi, le Méditerranéen, pourrais-tu refuser le soleil, l'azur, la lumière ? Nous vous embrassons de toute notre âme, Pascale est si près de toi !

ISABELLE

* « Soleil sur la terre, soleil et lumière sur nos vies, jamais les ténèbres ne peuvent durer ! »

LE 23 MARS 1993

Bonsoir, Jean-Paul, alors, on veut son petit message ? Maman s'inquiétait un peu, mais sans trop, je pense que nous vous avons dit l'essentiel. Bien sûr, il y a toujours à apprendre, mais il faut que vous assimiliez, que vous décantiez, que vous mettiez en pratique dans votre vie quotidienne tout ce que nous vous conseillons. Nous ne vous oublions pas, même si parfois nous nous faisons discrètes. Si nous employons un langage simple, c'est pour être accessible à tous, car tout le monde a besoin, non de preuves, mais de compréhension, d'ouverture, de simplicité. Les personnes vraiment puissantes sont humbles, mais d'une véritable simplicité, d'une humilité profonde et réelle. Si les « choses » (pardon, Jean-Paul !) ne sonnent pas juste au fond de vous, les autres le sentiront, mais si vous vous purifiez, vous aurez le pouvoir de communiquer en profondeur avec les autres, à les aider à retrouver leur puissance. Il ne doit pas y avoir de compétition entre vous. L'esprit compétitif est un manque de confiance en soi, n'essayez pas d'impressionner, d'exercer une influence quelconque, invitez et offrez, n'essayez pas de persuader à tout prix, ne manipulez pas, sachez écouter.

Soyez clairvoyants et sachez discerner les personnes vraies, authentiques, ayant une influence bénéfique et qui rayonnent de celles qui ne portent qu'un vêtement de puissance. Les personnes évoluées sont des âmes douces. Elles sont amicales, très généreuses et prêtes à venir en aide, mais, je le répète, pour progresser il faut absolument purifier votre ego et vous affirmerez votre véritable identité, mais souvent vous avez des envies opposées en vous. La résolution de ces opposés permet à votre être supérieur de s'épanouir. Non, Jean-Paul, ce ne sont pas des conseils vagues, mais d'une très grande importance, car en gardant un idéal dans votre cœur, vous affinez votre corps physique, vous élevez vos pensées et vous apportez la pacification de vos émotions.

Cette vie vous est donnée pour essayer de trouver la lumière et de vivre dans la joie. Tout but peut être atteint, si vous insistez, vous n'avez aucune limite à votre élévation, aucune !

Tu vis constamment, Jean-Paul, sous une pression urgente, où tout doit être fait rapidement, tu as tout le temps nécessaire, je te l'affirme, la sensation de temps envahit trop tout, dans votre monde, quand tu penses que tu n'as pas assez de temps, c'est que ce que tu fais n'est pas dans ton vrai but, car chacun a un but différent. Ne comparez pas votre chemin à celui des autres, allez au fond de vous-mêmes et regardez votre chemin le plus élevé. Cherchez *votre* vérité. Tu n'as plus besoin de preuves, Jean-Paul, peut-être en auras-tu, mais je te répète que le contenu de ces messages est bien plus important qu'une preuve supplémentaire. Ne sois pas déçu, mon ami, nous t'entourons de notre tendresse. Pascale t'offre sans cesse son amour, et l'amour est l'énergie la plus puissante, nous vivons cet amour et essayons de vous le transmettre, car l'amour transcende, nous vous le souhaitons de toute notre âme.

ISABELLE

* Vous êtes, chaque jour, un nouvel être, chaque creux est suivi d'une grande vague en avant.

LE 30 MARS 1993

Chère Isabelle,

C'est un moment béni pour moi, car je me sens de plus en plus heureux et léger, et je te remercie car c'est en grande partie grâce à toi et à Pascale. Pourtant les gens qui me sont proches traversent eux des moments assez pénibles, comme ta maman, qui se débat dans une situation que tu connais bien et qui ne sait quelle solution y apporter. Comme Carole, qui se débat dans de graves problèmes, et comme mon ami dans son hôpital psychiatrique qui, ne voulant plus tomber dans la drogue, m'appelle au secours. Je voudrais tant leur transmettre à tous les trois cette sérénité que je vous dois.

Je vous envoie mille baisers multicolores.

J.-P.

Bonsoir, Jean-Paul (et maman), merci pour ta lettre et ta sollicitude, nous sommes heureuses que tu te sentes « heureux et léger » et nous souhaitons que tu le deviennes encore plus, profondément, intensément, authentiquement. Écoute-nous, car les conseils que nous te donnons ne peuvent que t'aider dans le choix de ta vie, mais pas sans ton aide, sans tes efforts. Fais ton nettoyage intérieur qui conduit à la sérénité totale. Tu as encore des choses à remettre en question, tranche, analyse, compare, comme tu sais si bien le faire. Rien ne peut résister à l'analyse humble, objective, pure, sincère des faits et tu accepteras l'évidence. Nous ne pouvons pas forcer ta volonté, je le répète, pense souvent aux pièges subtils de l'ego, de la gloire (gloire pour quoi ? pour qui ?), aux sursauts d'orgueil, essaie de vivre ta voie dans la simplicité et la bonté. Ne tire vanité d'aucune relation, d'aucun pouvoir, seul le pouvoir de l'amour compte. Tu es très aidé, Jean-Paul, il faut, à ton tour, aider les autres. Pense à l'effet boomerang, n'oublie pas de remercier tous ceux qui ont pu t'aider et de les entraîner, à ton tour, dans ton sillage, c'est une chaîne d'amour, sois et deviens riche de spiritualité, riche de compréhension, riche de tendresse, riche d'affection, riche de pitié et riche de foi. Il n'y a pas de plus grande richesse. Tu veux aider tes proches qui sont dans le désarroi, tu le peux, par ton écoute, et surtout par ton comportement nouveau et profond, par tes conseils, mais pardon d'insister sur l'authenticité absolue de ce comportement. Pour eux, leur âme est quelquefois triste, mais il faut qu'ils laissent couler leurs larmes, sans fausse honte. Il faut que leur peine s'échappe, ils n'ont pas à se culpabiliser, à rougir de ces souffrances, il faut qu'ils la crient, qu'ils la clament, les mains ne se tendent jamais en vain, elles rencontrent toujours des mains qui se tendent en retour. Quand vous inclinez la tête sous le poids de la souffrance, du doute, des déceptions, bientôt vous la redresserez et vous tendrez les mains. Ce sont des creux de vague nécessaires pour aller toujours un peu plus loin, un peu plus haut.

Pardon de parler de maman, mais elle est ma priorité et je voudrais tant qu'elle garde constamment sa belle joie de vivre ; sereine, elle l'est par rapport à moi, mais elle est tellement ébranlée dans sa confiance, dans son honnêteté, qu'elle est profondément blessée, alors aide-la, Jean-Paul, comme j'essaie de l'aider à y voir clair, aide-les, tes êtres proches, dans une vérité puissante qui devra accompagner toutes vos heures, tous vos jours. La vérité, mon ami, est le cadeau le plus précieux que tu puisses offrir à cette attente angoissée et aux questions qui quêtent une réponse.

Au lieu de rechercher des objets précieux, qui éblouiront vos yeux, recherchez les actions précieuses, discrètes, qui réjouiront vos cœurs. L'orgueil est un lourd handicap, il y a l'orgueil des gestes, des attitudes, des sentiments, des faits. L'orgueil est dictateur, poison, malheur de l'esprit, je moralise sans doute, mais j'essaie de vous transmettre ces conseils pour votre bonheur présent et futur. Tout ce travail vous conduira vers la sérénité et vous verrez briller une lumière nouvelle sur une vie plus douce, car n'oubliez pas que tout n'est qu'apparences, le rêve n'est pas tout, pensez toujours que nous vous tendons la main, avec tant d'amour, c'est notre rôle que nous accomplissons avec une joie immense, merci de nous écouter, merci de nous aimer.

ISABELLE

* Laissez les ombres aux ombres et allez vers la lumière qui vous apporte la vie, osez votre choix !

LE 14 AVRIL 1993

On s'ennuie des messages, mon ami ? Mais tu peux en avoir... Maman ne sera pas toujours le relais, oui, tu bloques encore trop ou tu ne prends pas assez de temps. Vous êtes dans le temps de Pâques, au début, il fait sombre et puis la lumière s'est levée qui va devenir un grand soleil. Cette lumière, c'est une toute petite phrase : « il crut ». Jean vit et il crut, ce « il crut » évoque tout un arc-en-ciel d'adhésions différentes. Quelle est la chaleur, la teneur de votre « il crut » ? S'il est net, tout simple, tout ferme, vous allez savourer la conviction profonde de la vie après votre vie, vers l'émerveillement si vous hésitez encore, demandez une foi plus forte, c'est un travail de volonté humble et de prière.

Des preuves, tu en as eu, ce n'est pas l'accumulation de preuves qui convaincra les irréductibles, les lettres que reçoit maman le prouvent : c'est une adhésion profonde au sens des messages, un espoir, une application concrète dans votre vie si matérielle. Si un jour tu vas en Bourgogne et que tu « rencontres » Taizé, tu comprendras ce besoin, cette quête de spirituel. Votre mission est lourde, certes, mais vous n'avez plus à tergiverser, à louvoyer, les temps sont prêts et tu es prêt, Jean-Paul, quelque échappatoire que tu puisses encore trouver. Le meilleur se transmet à travers le désintéressement, car cette attitude instaure un climat de confiance, votre vie humaine se construit en partie à travers la confiance des autres. Vous avez le choix, mais maintenant vous n'avez pas le droit de les décevoir parce que vous avez beaucoup reçu ! Ton livre est très attendu, Jean-Paul, et je répète qu'il aura beaucoup d'impact, mais il te faudra aller encore plus loin, encore plus haut. Que l'intérêt ne guide pas vos gestes, car un être habile sait transposer dans une pseudo-réalité de tendresse, d'amour, d'attention, une source d'intérêts personnels. Il faut élever vos pensées, avoir le courage de se propulser vers les sommets de la vérité, de la paix, de la sérénité. Nous savons que ce n'est pas simple, et notre mission est de vous accompagner dans cette route souvent ardue. Rien n'est gratuit. Vous recevez beaucoup parce que vous devez beaucoup donner, vous trouvez sans doute parfois que le cadeau reçu est lourd ! Mais, avec notre aide, vous pourrez porter longtemps, et très loin, ce cristal limpide et précieux qui vous est confié. Ne vous acharnez pas sur la porte fermée du passé, elle est close et une autre porte s'est ouverte sur la lumière brillante et pure, alors ne laissez plus vos regards se tourner vers la densité opaque des ténèbres dangereuses, foncez vers l'azur !

Sachez que la porte qui s'est ouverte ne peut pas se refermer, même entrebâillée une porte laisse passer le souffle qui rafraîchit, la musique qui enchante, la douceur qui enivre. Votre porte est ouverte, alors laissez entrer les flots de lumière et de soleil. Encore une envolée lyrique (?) vas-tu penser, mon ami, et pas assez concrète... Au contraire, c'est très concret, comme tes contes qu'on peut lire à de multiples degrés !

Pascale ne s'est pas éloignée, bien au contraire, elle n'a peut-être jamais été aussi proche ! Allez, Jean-Paul, courage, optimisme, confiance, nous tendons la main, le cœur vers vous, car notre expérience nous a appris ce qui était bon pour vous. Nous vous avons précédés, et ce n'est pas un hasard, parce que nous avons beaucoup reçu, nous pouvons, à notre tour, donner beaucoup.

En toute tendresse et tout amour.

ISABELLE

* Vous avez choisi une autre route : laissez-vous baigner, imprégner par la lumière qui illuminera cette route. Nous vous enveloppons de toutes nos forces.

LE 18 AVRIL 1993

Bonsoir, Jean-Paul et maman, nous sommes très heureuses de tout ce qui arrive en ce moment. Ne vous inquiétez pas : le relais ne sera jamais rompu, tantôt l'un, tantôt l'autre et pourquoi pas les deux ensemble ? Il faut encore affiner tes perceptions, Jean-Paul, dégager le plus purement possible le « canal », et surtout ne pas freiner et ne pas provoquer, reste disponible. Et si tu as envie d'écrire, ne stoppe pas, décante bien tout, analyse, décortique comme tu sais si bien le faire, essaie à ce moment-là, mais à ce moment-là seulement, de faire abstraction de tous mes messages.

Pascale voulait te parler du Christ, dis-tu ? Crois-tu que Jésus s'abaissait au rang de ceux à qui il s'adressait ? Devenir voleur avec les voleurs, hypocrite avec les hypocrites, déchaîné avec les déchaînés ? Crois-tu que lorsqu'il était au milieu des voleurs et des prostituées, il devenait voleur et prostitué ? Crois-tu qu'il abandonnait la pureté de son être pour se plonger dans la fange et s'en souiller, il parlait, avec toute son humilité et sa pureté, et les contacts se faisaient. Il aimait du véritable amour. Comme lui, vous devez apprendre ce qu'il était, lui, naturellement, apprendre à être plus modestes, moins arrogants, moins agressifs parfois, plus honnêtes vis-à-vis de vous-mêmes et vis-à-vis des autres, être plus serviables spontanément, moins hypocrites, à savoir le véritable sens du mot « aider », du mot « aimer » au sens large et pur du terme, dans l'éblouissement de la tendresse, sur le plan spirituel. Vous apprendrez à reconnaître Dieu, à accepter ses directives, à baisser la tête avec humilité, à vous mettre complètement « à nu » pour vider totalement votre âme de sa noirceur et à faire le point de vos erreurs, à savoir prier, à savoir demander pardon, à savoir remercier, à savoir accepter les épreuves et le lot que sera votre chemin à suivre, à savoir délaisser la vie facile et pleine de sensations factices pour recevoir la lumière, à accepter d'être instruits et éclairés, et à comprendre que votre salut et votre « avancement » dépendent de ces gestes, de ces attitudes. Acceptez avec vigilance les instants que vous vivez, recomposez votre vie avec toujours moins d'égoïsme, dans moins d'intérêt, et vous verrez vos jours éclairés d'une autre lumière (maman a battu son record de rapidité, je crois, ce soir, elle en a mal au bras !), c'est que vous vivez des moments, des tournants importants, et qu'il est urgent de porter un témoignage sincère, profondément vécu et vrai. Priez et espérez, c'est l'échelle à laquelle on grimpe pour s'élever. « La force vive de l'espoir portera vos pas jusqu'au bout de l'ombre. » Priez comme vous le pouvez, comme vous le sentez, seuls comptent les élans de l'âme, seuls comptent la sincérité et l'amour. Nous prions pour vous, car notre amour est toujours avec vous, en vous.

ISABELLE

* N'oubliez pas que la vraie richesse, vous la trouverez en ouvrant vos cœurs, en cherchant dans vos âmes, et vous serez riches de puissance et d'amour.

Libérez-vous de plus en plus des contraintes matérielles. Coupez vos entraves... et vous vous élèverez... (j'écris ceci en plein accord avec Pascale).

LE 1er MAI 1993

Pardon, maman, de te faire relever, mais tu as bien senti tout à l'heure que tu devais écrire. Nous vous suivons « pas à pas » et nous sommes littéralement enchantées de votre présence à ce salon[1]. Il aura (aussi) des retombées positives, et surtout nous nageons dans le bonheur total depuis la sortie du livre de Jean-Paul, tu verras, mon ami, tu n'es pas au bout, là aussi, les répercussions vont dépasser ton imagination pourtant si fertile ! Tout se passe comme nous le

1. Salon du livre de Saint-Louis.

désirions, pour vous et pour nous (et ce n'est pas fini !). Quelle expérience vous vivez tous les deux... et quel aboutissement.

Jean-Paul, sois rassuré, les messages sont bien de Pascale, mais tu cérébralises encore trop, tu n'as plus de doutes à avoir, t'en faudra-t-il des preuves ! Tu as encore un peu peur de ton mental, tu as raison, alors épure-le, laisse-le « dormir » un peu, et reste positif mais foncièrement, pas seulement en paroles, c'est la seule voie de salut.

Si vous saviez le ravissement que vous nous procurez et que nous vous renverrons, si vous savez le percevoir. Jean-Paul, tu nous combles de joie, en ce moment, Pascale te le redira avec d'autres mots, mais c'est un chemin d'amour merveilleux... et ce chemin, vous l'ouvrez à beaucoup de monde par votre témoignage, votre attitude, votre authenticité.

Merci, nos aimés, de nous avoir suivies, de vous être laissé guider. Continuez, persévérez et restez « doux et humbles » de cœur.

Nous vous embrassons de toute notre immense tendresse.

ISABELLE

LE 5 MAI 1993

Bonsoir, tous les deux, que notre joie est grande ! (à la mesure de notre patience et de notre attente ?) mais le résultat est là et nous sommes remplies de bonheur. Ce livre, Jean-Paul, je te l'ai souvent dit et répété, aura beaucoup, beaucoup d'impact, tu restes prudent, circonspect, comme toujours, mais t'avons-nous jamais trompé ?

Il te faut rester humble, c'est certain, car c'est vrai que ce livre t'a été inspiré, et il est vrai aussi que tu as beaucoup travaillé, mais rien n'est jamais acquis, nous vous protégeons de toutes nos forces de tous les pièges qui vous sont tendus : la flatterie de l'ego, la fascination de l'argent, le piège de la (fausse) gloire. Il faut rester profondément et véritablement humbles, c'est l'intelligence du cœur. Maman est aussi sur ton chemin pour t'aider et réciproquement. Vous êtes un peu, mutuellement, le Jiminy Cricket du petit Pinocchio, mais c'est en profonde amitié et pour vous aider à évoluer. Il n'y a aucun jugement, mais une grande affection. Si vous voulez être crédibles, gardez une authenticité absolue, car on vous « attend au tournant ». Si votre vie n'est pas en accord avec ce que vous prônez, on ne vous croira plus et les sceptiques se débrideront, s'en donneront à cœur joie. Jean-Paul, tu as poussé la porte, ce que tu vas découvrir te fait un peu peur, mais, tu verras, ce sera fabuleux. N'aie aucune crainte, tout se fera en douceur, tu es protégé au-delà de toute imagination. Ce virage que tu amorces est vital pour toi et pour les autres. Je t'ai dit et redit qu'il est difficile d'abandonner la peau du « vieil homme », mais l'habit de lumière vaut tous les renoncements. Tu dois apporter ta lumière nouvelle, ta chaleur, ta foi en l'avenir. Tu dois abandonner tes anciens schémas sans aucune peur, je le répète, nous n'allons pas te laisser choir... N'attends pas qu'on vienne te remercier, même si les éloges du livre sont précieux en profondeur, mais des millions de personnes te béniront de tout leur cœur pour l'espoir, pour l'apaisement, pour le message d'amour et de lumière que tu leur apportes à travers ce livre. C'est là ta véritable mission, similaire à celle de maman. Repose-toi de ton passé et construis ton avenir, tout doucement, avec ce que tu crois. N'oublie pas que nous sommes là, ailleurs c'est certain, et en même temps pour toujours avec toi. Si ce chemin te fait encore un peu peur, demande-toi : « Ce chemin a-t-il un cœur ? » S'il en a un, le chemin est bon, s'il n'en a pas, même s'il n'est pas forcément mauvais, il n'est d'aucune utilité. Courage, même si c'est un peu difficile, tous les nuages vont s'éloigner de ton esprit, de ton âme, de ton mental, de ton cœur. Il y a trop de choses à réaliser en ce monde pour laisser ta lumière s'obscurcir. Tu en as le choix, mais peut-être plus le droit avec tout ce que tu as reçu ! Ouvre ton âme, ouvre ton cœur, ouvre tes yeux, ouvre tes mains, toi qui sais la douleur, qui la connais si bien, tu construiras le bonheur, si tu le désires. « Sois comme l'oiseau posé pour un instant sur des rameaux trop frêles, qui sent plier la branche et qui chante pourtant, sachant qu'il a des ailes. »

Nous sommes fières de toi, du chemin parcouru, et nous veillons aux écueils que tu peux rencontrer ou créer. Sois confiant, détendu, serein, rien de mauvais ne peut t'arriver, bien au contraire.

Merci, Jean-Paul, de nous écouter, de nous suivre, Pascale te le confirmera. N'est-ce pas merveilleux ce « quatuor » ? Je t'en avais parlé depuis si longtemps. Tout arrive en son temps. Notre amour est à la mesure du vôtre pour nous, et c'est une osmose totale. Haut les cœurs, mon ami, Pascale rayonne de joie et d'amour, si tu savais !

ISABELLE

* « On ne fait guère de paix en amour sans que la tendresse en redouble. » Nous vous aimons !

LE 14 MAI 1993

Il est très tard encore, ma petite maman. Jean-Paul aura-t-il eu un message ? Suspense !... mon ami, maman ne met pas en doute ta sincérité, ton authenticité. Elle est prudente, comme elle l'était pour elle (trop et trop longtemps à mon goût), je pense que tes messages, pardon tes lettres (je crois que tu préfères ce mot), donc ces lettres vont s'épurer, se transformer, s'approfondir. Tu en es aux premiers balbutiements, et c'est la raison de ta crainte et de ta perturbation. Crois-tu que maman n'a pas été perturbée au début ? Elle n'osait pas en parler. Tu fais le même chemin, mais tu iras plus vite car elle t'a précédé, tu as eu tous ces messages et tu es prêt, depuis que je te l'annonçais !

Le soir, ton mental est moins sollicité, c'est un moment propice, laisse courir ta main, sans réfléchir, sans interruption, c'est aussi une sorte d'entraînement, pour « élaguer » le canal, pour le purifier, pour qu'il ne soit que récepteur de l'Au-delà, si une idée s'interpose, chasse-la vite, vide ton esprit et laisse courir ta main sans réfléchir, sans t'arrêter, sois bien conscient que tu n'es qu'un canal, et c'est beaucoup, quel travail en profondeur depuis quelque temps, mais quelle récompense ! Tout n'est pas encore acquis, mais tout se décantera petit à petit. Nous y veillons. Je dis, moi aussi, qu'il faut travailler à ne pas garder de rancune, à pardonner, le sourire ne doit pas cacher la rancœur et le pincement du cœur. Il doit être un vrai sourire. La rancune peut se faire doucereuse, mais il ne faut pas donner prise à tout cela. Pascale te parle d'amour, je vous parle beaucoup d'amour, car c'est un magnifique tout de tendresse et d'élans non réprimés, d'espoir, de pureté, de lumière, mais il faut savoir le reconnaître et accepter la luminosité de ses beautés.

Un amour humain va peut-être mourir, mais naîtra un amour transcendé d'une radiance merveilleuse qui vous portera et vous unira. « L'amour est un don de Dieu », mais les dons sont diversifiés : il y a le don d'amour aux corps, le don d'amour aux cœurs et le don d'amour aux âmes. Si le don fait à vos corps reste, il sera enveloppé avec une grande force par le don fait à vos cœurs et à vos âmes, transcendé, je répète ce mot avec force, transcendé sera l'amour vécu, transcendé, sublime et merveilleux alors, vous verrez mourir votre vie amoureuse d'humain pour voir naître votre vie amoureuse spirituelle et durable. Élevez vos pensées, de plus en plus.

Écoute-nous, écoute mon amitié, ma tendresse, écoute l'amour sublimé et si précieux de Pascale. Lâche tes dernières amarres et vogue avec nous vers le rivage de la félicité. Nous essayons d'éviter les écueils, nous ne le pouvons pas toujours, mais suis-nous de près, nous sommes ton bateau-pilote qui te conduit au port, sur la berge tranquille où « dans le calme intense et la paix vibrante tu n'entendras plus que le silence impalpable d'une douceur infiniment vivante », et si tu décèles le mensonge, si tu découvres la calomnie, donne tes conseils, ne te sens pas agressé, éclaire et explique, encourage et guide. Offre la sérénité de la force tranquille profonde aux attaques sournoises ou déchaînées. Le pardon ! Mot magique, il tend la main à celui qui blesse, il est l'offrande du cœur à la vilenie, il est le don de l'amour vrai à la méchanceté, offre la sérénité en réponse à la noirceur, car la haine va buter sur l'amour, la vilenie s'éteint sur la paix de l'âme, la calomnie se tapit sous la lumière de la tendresse. Pardon ! amour ! tendresse ! charité ! vaste programme que notre soutien s'efforce de vous inculquer. Nous sommes là, Jean-Paul, encore plus qu'avant puisque tu nous perçois mieux. Confiance, vous êtes nos aimés.

ISABELLE

* Car votre tour est venu de guider ceux qui désirent accéder à la lumière et qui entrevoient le bout du tunnel...

LE 17 MAI 1993

Alors, mon ami, on trouve le temps long ? N'es-tu pas disponible pour recevoir les messages en direct ? Nous n'aimons pas vous sentir ainsi avec ce vague à l'âme, ce « blues », signe de fatigue, nous allons vous redonner du tonus. Cette solitude qui vous taraude est souvent le lot des personnes médiumniques. Vous êtes très entourés et, en même temps, vous vous sentez seuls mais cette solitude n'est pas stérile, bien au contraire, elle vous enrichit profondément. D'ailleurs, vous ne pourriez plus avoir une vie « comme avant », vous naissez à une nouvelle naissance, la vraie, la seule, mais elle est parfois douloureuse. Avant de partir dans des « envolées philosophiques » (je n'ai pas cette prétention !), je voulais te dire, Jean-Paul, que c'est bien Pascale qui était chez Carole[1]. En doutais-tu ? Vous en faut-il des preuves ! Toi, le créateur de contes magiques et initiatiques, tu as trouvé le fil d'Ariane, la clé de la vie : une parole magique pronon-

1. Dans la nuit du 12 au 13 mai, en se réveillant brusquement, Carole a aperçu deux silhouettes au-dessus du lit d'Axel. Elle pense avoir reconnu Pascale et Isabelle.

cée, un chemin vers vous-mêmes, un sage enseignement vers le bonheur, caché sous la beauté du conte. Ces contes sont basés sur la vérité. Les obstacles s'écartent lorsque des paroles franches sont prononcées sous la puissance d'une pensée éclairée, une vraie prière. Ce sont la parole et la pensée qui transforment vos conditions de vie, sous ces conditions, vos souhaits se réalisent enfin.

Tu connais le conte d'Aladin ? Chacun peut trouver le bon génie à l'intérieur de lui-même s'il sait retrouver la simplicité, l'imaginaire et la foi de l'enfant. Endors-toi avec un conte, un beau conte, mais cette fois ce sera *ton* histoire.

Vous savez maintenant, *mentalement*, que la vraie stabilité est intérieure et que la seule chose qui soit permanente, c'est le changement, l'évolution. Vous le savez, vous l'avez mentalisé depuis tant et tant de messages, et pourtant vous vous choquez pour des bêtises insignifiantes, vous courez toute la journée (après quoi ?), vous vous comportez dans votre quotidien comme si vous ne saviez rien et pourtant, vous pouvez changer radicalement votre vie, vous pouvez retrouver votre équilibre au cœur du déséquilibre qui vous entoure. Ne craignez pas d'être un peu fous en laissant parler davantage votre cœur, votre espoir, votre joie, il n'y a pour cela que tout simplement avoir le courage de vous laisser porter par le flot de la vie et de ne plus résister aux changements qui sont inévitables. Laissez-vous aller, laissez-vous guider, lâchez prise ; la vie redonne à chacun l'amour qu'il lui donne. Toutes ces découvertes que vous avez faites ou qui se sont concrétisées, vous devez les partager, sans cela elles seraient stériles, c'est la puissance du partage qui fait boule de neige, et une grande responsabilité. Vous êtes devenus un « instrument à faire passer les messages », n'ayez aucune peur, c'est un mot à rayer de votre vocabulaire, peur de quoi ? peur d'avancer, peur d'évoluer, peur de vous tromper, peur d'avoir peur, peur du nouveau, peur du silence, peur de négocier, de vous engager ? Il faut cesser d'avoir peur et avoir le désir et la volonté d'évoluer, quand vous arriverez de l'autre côté de la rive, vous vous demanderez, vos guides vous demanderont : « Qu'ai-je fait, qu'as-tu fait de tes talents ? » Rarement les circonstances sont favorables pour agir, c'est votre décision qui rend les circonstances favorables, nuance vitale !

Vous savez que vous changez de route pour le mieux, que nous vous accompagnons, nous vous guidons, alors qu'avez-vous à redouter ?

Haut les cœurs ! Soyez enthousiastes, confiants.

« Tu regardes l'étoile lointaine et tu es confronté à ce que tu es : rien et tout. L'étoile t'oblige, par les questions qu'elle te pose, à te grandir. »

ISABELLE

* Dites oui à la vie et la vie vous prendra par la main. Dire oui, c'est ouvrir son cœur.

LE 18 MAI 1993

Bonsoir, Jean-Paul, vous avez reçu les deux messages presque en même temps, presque identiques, il ne pouvait en être autrement. Si je n'ai pas été plus explicite pour Carole, c'est que c'est évident. Oui, j'étais avec Pascale, mais pour nous c'est tellement simple et naturel. Carole est très réceptive et nous nous manifestons quand nous le pouvons. Ta vie est perturbée, bousculée, mais dans le bon sens. Nous voulons ton bonheur et nous ne voulons plus que tu sombres dans des aventures ou des compromissions qui ne peuvent que t'abaisser. C'est notre amour qui vous dicte ce qui est votre voie, si vous voulez la suivre.

Tu t'es beaucoup impliqué dans ce livre merveilleux, tu ne peux renier ce que tu as écrit. Ta conscience était limitée, elle est devenue éveillée, illuminée. Si tu as la foi, si tu crois, ton mental réagira comme un ordinateur. Il réagira en positif ou négatif, en beau ou laid, agréable ou désagréable, bien ou mal. Ce mental auquel nous essayons tant de faire lâcher prise est déterminant. S'il est négatif, tout s'exprimera par un refus, une résistance, aussi bien au travail qu'à l'entourage, à la souffrance, mais aussi il peut résister à la joie, au bonheur, à l'harmonie, à l'amour. Si vous ne résistiez pas, vous vivriez pleinement ces états-là. Ce mental en perpétuelle agitation, en perpétuel mouvement vous empêche d'atteindre l'état d'égalité de l'âme, de sérénité. Un exemple tout simple : vous voyez une fleur, votre mental va la percevoir, la nommer, voir la couleur, la comparer, l'aimer ou ne pas l'aimer, penser à sa beauté, mais où est le parfum de la fleur ? Lorsque le mental se calme, la fleur vient à vous, se déploie dans toute sa gloire, le parfum vous envahit totalement, la fleur est vous, alors, dans l'écoute, laissez le mental tranquille, laissez les mots, sensations éclore en vous et livrer leur parfum, vivez avec ce parfum. Le mental engendre la pensée, mais votre vie, la vie, est-ce penser ou est-ce ressentir ? Il y a une énorme différence entre une leçon de mots (penser) et une leçon de vie (ressentir). « Ne sciez pas la branche sur laquelle vous êtes assis » au lieu d'être l'acteur de la pièce qui se joue, votre vie dans ce monde, découvrez que vous en êtes également le metteur en scène, l'éclairagiste, l'auteur et même le public. Vous n'êtes plus séparés, mais unifiés, apprenez à orienter votre pensée au lieu de vous laisser écraser par une difficulté, confrontez-la au potentiel qui vous habite, elle ne pourra résister à la grandeur de ce que vous avez acquis. Placez vos chagrins, vos tristesses, vos angoisses dans un face-à-face avec votre richesse intérieure, votre avenir, votre idéal. Votre pensée est puissante, l'avenir vous appartient, ce qui compte, ce ne sont pas les succès que vous remporterez mais les efforts que vous faites, car seuls les efforts vous maintiennent sur le bon chemin alors que le succès vous pousse à relâcher votre vigilance. Soyez vigilants, nous le sommes avec vous, pour vous, n'en doutez pas.

ISABELLE

* Vivez chaque jour comme toute une vie et l'éternité à chaque instant, et surtout confiance et espoir. Nous veillons sur vous avec un tel amour, vous ne pouvez pas ne pas le percevoir !

LE 25 MAI 1993

Bonsoir, Jean-Paul et maman. Nous sommes très heureuses de la sortie de cette suite des messages (et ce n'est pas fini !), mais prenez le temps de les relire et de vous en imprégner, vous oubliez trop rapidement ! Oui, nous vous demandons beaucoup, mais c'est tellement important. Purifiez votre karma, dans cette vie, vous serez tellement récompensés ! Vous atteindrez plus vite la félicité, le vrai bonheur, ceci pour vous, mais aussi votre mission est vitale et vous ne pouvez pas y faillir, plus maintenant. Vous devez atteindre les sommets et aider les autres dans leur ascension. Pour ce faire, il faut un équilibre de votre être dans sa totalité. Souvent, l'homme oriente ses désirs vers un but purement matériel, ce processus doit être modifié s'il veut vivre dans l'harmonie. Chacun doit mettre son but « en haut » et utiliser ce véhicule potentiel pour s'élever, se sublimer, élargir sa conscience. En se fixant ce but, l'homme est amené à utiliser et à développer ses moyens célestes que sont l'intelligence, l'imaginaire, la créativité, l'intuition. Si vous ne vous voyez pas comme un tout, si vous vous divisez, si vous vous dispersez, vous courez à l'échec. Dans ce tout, il faut tenir compte, en plus du corps physique, de l'émotion et de l'esprit siégeant – symboliquement – dans le cœur, lieu de l'émotion, de l'affectivité, des sentiments, de l'amour. Pour vous améliorer en profondeur, il ne suffit pas de modifier la forme, mais il faut en changer le sens et le contenu.

Vous donnez encore trop d'importance au paraître, au côté superficiel des choses. Il faut aller au-delà, c'est un travail en profondeur qui demande du temps, mais il donne des résultats stables qui vous conduisent à la progression. Trop abstrait, ce discours ? C'est que vous n'avez plus le temps et le droit de vous disperser, si vous voulez nous suivre toujours, sinon les défauts ou les anciens comportements apparaîtront d'une manière plus lourde et plus grossière, et après tout ce que vous avez reçu, vous ne pouvez plus et ne devez plus vous le permettre. Je ne dis pas que vous devez renoncer aux choses matérielles, vous devez vivre les événements de manière équilibrée, en leur donnant leur valeur réelle. Si vous remplissez trop votre vie de superficialités, vous obtiendrez des débordements néfastes et importants pour vous-mêmes, et ce seront la maladie, les déséquilibres nerveux, les sentiments d'instabilité et d'insécurité, le mal de vivre. L'énergie dont vous avez besoin se trouve partout dans l'univers. Cette énergie doit circuler en permanence et sans entrave. Si sa circulation est bloquée, les malaises et maladies naîtront. De cette énergie, bien maîtrisée, naissent la santé et la pleine forme. L'essentiel, c'est l'essence du ciel, le côté subtil de l'être et c'est quand vous êtes en pleine harmonie, que vous êtes le plus performant.

« Le pire ennemi de l'homme est sa propre pensée », je parle de la pensée négative ou défaitiste. L'insécurité spirituelle peut créer un rôle aussi néfaste que l'insécurité matérielle. Vous devez toujours avoir présent à l'esprit que la pensée joue un rôle aussi important, sinon plus, que l'événement lui-même, quant à l'intensité du stress négatif, essayez de ne plus vous laisser dévorer par la vie quotidienne, par les aventures fugaces, et n'oubliez pas que votre vie est la somme de vos vies quotidiennes et ne cherchez pas trop hors de celles-ci une issue pour compenser ce que vous n'aimez pas dans le jour. Vous devez trouver votre équilibre dans le quotidien. Il n'est pas ailleurs. Votre bien-être est à construire à chaque instant et toute notre vigilance, notre soutien, notre amour sont là pour vous aider. Éliminez toute dépendance du monde extérieur. C'est la grâce que nous vous souhaitons de tout notre cœur.

ISABELLE

* « Vos pensées sont des graines que vous semez dans le jardin de votre esprit et ce jardin est très fertile ! » N'oubliez pas la puissance d'un regard d'amour ou de tendresse. Nous en reparlerons.

LE 2 JUIN 1993

Bonsoir, Jean-Paul, alors on juge mon affection « incendiaire » ? Je pense que les mots ont dépassé ta pensée, ou qu'elle a été mal interprétée ou mal formulée. Mon affection est pure, intransigeante souvent, mais c'est uniquement pour ton bien, comme te le dit Pascale. Nos messages sont identiques, mais elle est plus câline et c'est logique. Elle aussi t'avait dit que Xavier devait aller au bout de son épreuve, il faut te blinder, ne pas dramatiser, calmer Carole, rester calme et optimiste, ce qui ne veut pas dire bloquer ta sensibilité, mais la canaliser dans le bon sens. Peut-être auras-tu un message de Pascale en même temps ?

Pour l'émission de télévision en vue, sois très circonspect, très prudent, ce n'est pas une « bonne » émission, je me comprends, elle peut te desservir surtout sur ce sujet qui n'est pas vraiment là où tu te sens le plus à l'aise. À toi de voir, de sentir, de juger, mais sois très vigilant, comme te l'a confié Pascale, ton livre parle aux cœurs et c'est le plus important.

Vous êtes engagés dans une aventure qui n'en est qu'à ses débuts, vous en ignorez encore le but et les règles fondamentales, mais tout se décante petit à petit, n'est-ce pas ?

Pensez à cette énergie qui vous habite, cette mystérieuse étincelle de vie, c'est la manifestation tangible de cette puissance infinie qu'on appelle Dieu. Votre corps est le point focal de cette énergie, vous avez tous les atouts en main, un véhicule d'une fabuleuse ingéniosité dont vous avez l'entier pouvoir de disposer selon votre bon vouloir, avec votre libre arbitre, pour vivre toutes les expériences requises pour votre cheminement sur la voie de votre accomplissement. Votre divinité originelle, vous la retrouvez au travers du jeu de la vie, d'essais et d'erreurs, d'expériences, qui, bien assimilées et bien intégrées, engendrent la sagesse, la réalisation du soi. Votre taux vibratoire varie suivant vos attitudes face à la vie. Plus vos taux vibratoires s'élèveront, se dégageront, se débloqueront, mieux circulera l'énergie et jaillira une meilleure compréhension de la vie, des expériences vécues, et découleront sagesse et joie. C'est un long parcours, mais, je le répète, il faut être clair dans vos choix, dans vos sentiments, dans votre conduite, il faut y travailler d'arrache-pied, ainsi vous ne sentirez plus le stress, l'angoisse, vous ferez face aux situations avec plus de sérénité, vous ramènerez les valeurs dans leur juste perspective, ce sont vos pensées qui créent le monde qui vous entoure. Alors ayez des pensées créatrices, pour ne plus dire positives, plus vous vous polarisez sur des pensées de paix, d'amour, de joie, de confiance, plus votre corps le reflétera et plus vous attirerez des situations vibrant à cette fréquence porteuse. Interrogez-vous, en toute lucidité, sur les pensées que vous entretenez envers les personnes qui vous entourent. Ces gens agissent envers vous en résonance avec la fréquence vibratoire que vous leur envoyez.

Nous sommes près de vous, en vous, ayez la foi, en modifiant vos croyances vous modifiez l'histoire de votre vie, ceci est valable pour tous. Croyez-y profondément et, surtout, ne donnez plus d'attention à la croyance négative, aux dramatisations des situations, transposez-la en une croyance positive et tout changera. Nous vous le certifions de tout l'amour de Pascale et de toute mon affection profonde.

ISABELLE

* La pensée spiritualise votre effort matériel. Elle

reconnaît que l'âme a une part, alors il y a évolution de l'âme.

LE 4 JUIN 1993

Jean-Paul, comment peux-tu penser une seconde que nous ne sommes pas près de vous... mais nous sommes infiniment présentes, nous voudrions tant tout aplanir. C'est une nouvelle épreuve pour toi, pour Carole, pour Xavier et pour tous ceux qui vous aiment. Une épreuve n'est jamais fortuite : vous devez, chacun à votre mesure, en tirer une leçon. Dans l'immédiat, il faut entourer Xavier, lui montrer votre soutien, votre écoute, votre sollicitude. Il fallait qu'il aille au bout de sa crise, il faut que Carole soit forte, mais elle l'est, qu'elle l'entoure tout en protégeant son petit Axel (mais il est très protégé). Pour toi, Jean-Paul, c'est encore une remise en question, un test. Bien sûr, ta sensibilité ajoute aux réactions, mais il faut fouiller plus profond le chemin qui mène à toi, au fond de toi, qui n'est pas totalement dégagé, il faut te retrouver, que tes mots, tes actes soient le reflet profond de ton âme, de ton âme d'azur... Tu as encore un peu de mal à passer à l'action véritable, je sais, ce n'est pas évident, mais tous ces obstacles sont là, tous ces soucis pour vous faire bouger en profondeur, et nous ne pouvons pas les ôter mais peut-être les alléger. Personne ne peut savoir ce qui est bon pour vous, il faut le trouver en vous-mêmes : d'où les personnes qui ne se décident pas à passer à l'action, car elles demandent trop de conseils qui compliquent leur prise de position, leur décision. Il y a les personnes qui se décident mais qui, au moment de passer à l'action, se laissent trop influencer par l'extérieur, elles n'écoutent pas leurs besoins. Il y a les personnes qui savent ce qu'elles veulent et qui décident qu'un jour, elles le feront, mais quand ? Tout est prétexte à surseoir, elles cachent leurs peurs en parlant sans cesse de ce qu'elles feront un jour. Il y a les personnes qui ne décident pas vraiment ce qu'elles veulent, et qui agissent beaucoup. Il y a enfin les personnes qui décident, passent à l'action et s'arrêtent en cours de route, ces personnes ont souvent peur de se faire juger et critiquer. Il faut qu'il y ait harmonie entre le principe masculin et le principe féminin qui est en chacun de vous. Votre professeur est votre Dieu intérieur, qui vous guide gratuitement. Vous vivez des expériences qui vous donnent l'occasion de grandir et de vous améliorer, même si, dans l'immédiat, elles vous paraissent terribles et quasiment insurmontables. Vous trouverez la solution, ayez confiance ! Si ce que vous voulez vous crée plus de problèmes que de joie, il faut réviser la motivation. Est-ce pour améliorer votre qualité de vie, pour prouver à quelqu'un quelque chose, ou par peur de manquer ou de perdre quelque chose ou quelqu'un ?

Rappelez-vous que Dieu ne vous veut que du bon, que de l'amour et de la joie, alors soyez enthousiastes, confiants, tout en acceptant qu'il y a peut-être encore mieux ailleurs mais que vous ne le connaissez pas pour l'instant. Laissez-vous guider.

« Cessez un instant d'être uniquement tournés vers les tâches quotidiennes, cessez de calculer, de penser à ce que vous devez faire. Vous ne devez qu'une seule chose avec force et constance : être humains, et être humains, c'est prendre conscience de faire partager à ceux que vous aimez. »

J'en reviens à Xavier : d'une maladie, d'une détresse naît un signal d'alarme que l'on bénit ensuite, un moment crucial prend souvent la forme d'un moment de grâce. C'est avec le recul du temps que vous vous en apercevez. Rien ne vous arrive pour rien. Pensez-y et sachez que tout est dicté par l'amour pour vous (et que ces événements, vous les avez choisis et acceptés), nous vous aidons à les accepter, à les assimiler et à les intégrer dans votre évolution.

Oh oui, nous sommes infiniment aimantes et présentes !

ISABELLE

* Quand tu seras moins perturbé, Jean-Paul, Pascale te dira la même chose. Soyez tolérance, amour, pardon, comme nous le sommes maintenant, avec quelle intensité !

LE 6 JUIN 1993, FÊTE DES MÈRES

Bonsoir, nos aimés, permets-moi, Jean-Paul, de souhaiter une bonne fête des mères à maman, elle a eu un coup de cafard hier et puis ta compagnie, la conférence l'ont détendue, et je suis heureuse de son comportement aujourd'hui.

Vos talents s'améliorent au fur et à mesure du temps, votre récit est empreint de vérité et de simplicité, ce qui touche profondément les gens. Ils sentent très bien que ce n'est pas une illusion de la vanité humaine, une chimère sans fondements. Votre formule est excellente. L'homme moderne est encore timide sur ce sujet de l'après-vie. Il se sent souvent dépourvu d'importance et abandonné quand il s'aventure dans une spécialisation au-delà... de..., car la survie éblouit ou épouvante certaines personnes. Vous pouvez toujours trouver quelque chose qui manque de perfection, mais nous tendons à vous y amener. Je vous ai dit que la spontanéité aide, car quand vous vous fiez à vos impulsions, vous êtes plus susceptibles de réaliser un fait suggestif. Quand vous affichez trop la prudence et l'autocritique, la télépathie, la précognition et les autres formes de sensibilité paranormale se bloquent. Tu es un sensitif, Jean-Paul, et de ce fait tu ne demeures pas « chaud », si je puis m'exprimer ainsi, un long laps de temps. Quelquefois, le sensitif peut rompre émotionnellement avec ses propres pouvoirs (d'où tes pannes, tes attentes), n'oublie pas non plus que le stress et l'angoisse sont une barrière et que si, émotionnellement, tu es bien ajusté à la vie, d'une façon normale, tu retrouveras plus facilement ces facultés. Pour être médium, il faut des pouvoirs de réceptivité exceptionnels. Je le répète, les médiums les plus productifs fonctionnent de manière optimale quand ils peuvent être spontanés, utiliser leurs méthodes favorites de réponse et être en compagnie de gens amicaux et encourageants. C'est pourquoi tu es souvent plus disponible le soir, quand tu es plus détendu, etc. Vous êtes parfois emportés par le déferlement des soucis, de la souffrance, et c'est là que vous devez vous cramponner à la main que nous vous tendons, car là est le changement. Lancez vos pensées vers Dieu, ne faites aux autres que ce que vous voudriez que l'on vous fasse, et vous réaliserez le changement dans l'amour, dans la charité, dans l'abnégation.

Essaie de ne pas te sentir touché par des faits que tu juges désespérants, par l'inutilité des choses, par la méchanceté, par la laideur morale de certains êtres. Prie, c'est tout ce que tu peux faire pour les aider. Agissez, vous le pouvez, vous, et surtout ne désespérez pas, jamais. *Ne dramatisez pas*, c'est vital, vivez votre vie dans la simplicité et la droiture, apportez la lumière à ceux qui attendent dans l'ombre. Ne vous dispersez pas en vanités et inutilités car les réalités sont décevantes. Dieu dit : « Insensé, cette nuit même on te redemande ta vie, et ce que tu as préparé, qui donc l'aura ? Voilà ce qui arrive à celui qui amasse un trésor pour lui-même au lieu de s'enrichir auprès de Dieu » (*sic*) et les trésors terrestres peuvent prendre plusieurs visages !

Nous sommes là pour vous aider à trouver votre véritable richesse, au plus profond de votre être, faites-nous confiance, ô nos aimés.

ISABELLE

* Votre cœur s'est ouvert à notre univers d'amour et vous devez en être imbibés. Nous vous y incitons de toutes nos forces.

LE 7 JUIN 1993

Bonsoir, Jean-Paul (et maman), vous ne vous attendiez pas à ce nouveau message, mais vous êtes un peu plus calmes, plus réceptifs. Comme on l'a dit à maman, ce soir, comme on l'écrit dans ces lettres si belles, les gens sont profondément touchés par la grandeur de la tâche, la densité des messages, la qualité de votre expérience et la simplicité de votre témoignage. Le secret de la réussite est là, ce ne sont pas les relations, les intrigues, les compromissions, mais l'authenticité, le lâcher-prise. Les choses s'agencent d'elles-mêmes, c'est un signe, et nous aidons dans la mesure du possible, car c'est là où nous voulons vous mener. Je te parle souvent d'énergie positive. Tu t'en amuses même ! Mais pour la stimuler, il faut accepter de faire quelques efforts et quelques prises de conscience. Il faut accepter d'essayer et être disposé à faire un effort jour après jour. Vous avez souvent de bonnes intentions, mais il faut passer à l'action car ce n'est qu'en vivant les choses et les événements que vous pouvez réellement les sentir (n'est-ce pas, Jean-Paul ?).

Quelquefois, vous croyez que tout va bien, que vos pensées sont harmonieuses, et pourtant, lorsque vous vous trouvez face à des situations difficiles, quand vous prenez le temps d'écouter les paroles qui animent vos discussions, quand vous réalisez le comportement que vous adoptez face à ces situations qui ne vous sont pas familières, lorsque vous sentez les émotions qui se cachent derrière vos actions, vous pouvez découvrir des croyances négatives qui dirigent inconsciemment votre vie.

Tu comprends mes allusions, Jean-Paul, un problème est toujours une opportunité, on dit qu'il faut cinq pensées positives pour annuler l'effet d'une seule pensée négative. Prenez l'habitude de transformer en ressources vos comportements, vos pensées et vos sentiments négatifs. Cette approche vous permettra de voir différemment un problème et d'y trouver des solutions. Choisissez toujours un comportement constructif, puisque vous avez le choix et la possibilité de plusieurs réactions. Recadrez vos pensées négatives, amplifiez vos pensées positives et maintenez une constance, une régularité dans ce positivisme. Vous deviendrez maître de votre bonheur.

Depuis que la société vous propose un mode de vie pour augmenter un soi-disant bonheur, l'homme n'a jamais senti une aussi grande solitude et un désarroi profond face à toutes ces possibilités qui ne parviennent pas à combler le vide intérieur. (Le reportage de ce soir sur ces Indiens déracinés et qui ont tout le matériel possible est significatif !) Ne soyez plus passifs, ne soyez plus nonchalants, réagissez avec vigueur, comblez d'amour, de tendresse, de générosité, de bonté ce vide et vos jours seront éclairés d'une étonnante lumière. En naissant spirituellement, vous apprenez à être plus modestes, moins arrogants, plus honnêtes, plus serviables, moins hypocrites, à apprendre le sens du mot « aider » et « aimer » (je parle sur le plan humain), sur le plan spirituel vous apprendrez à reconnaître Dieu, à accepter ses directives avec humilité, à vous mettre complètement à nu pour faire le point de vos épreuves, à savoir délaisser la vie facile, à accepter d'être instruits et éclairés.

Votre salut et votre avancement dépendent de tous ces gestes.

Notre lumière et notre amour vous suivent pas à pas.

ISABELLE

* « Regardez la vie sous une autre clarté et vous verrez que du mal peut sortir du bien. »

Nous vous l'affirmons.

LE 8 JUIN 1993

Pauvre maman, c'est encore *Mission impossible* (je parle du film et non de toi, Jean-Paul !). Tu dis ne pas toujours comprendre mes messages, ils me sont soufflés par Pascale et nous pensons qu'en les relisant, en les méditant, en t'en imprégnant, tu en saisiras le sens profond. Comme tu le dis souvent toi-même, tu es loin d'être borné ! Nous voulons te pousser à analyser le tréfonds de toi-même, à ne rien te cacher, à t'analyser en profondeur et en vérité (comme nous le faisons dans l'Au-delà), et c'est par amour pour toi que nous nous acharnons car tu es toujours tenté par ta dualité ténèbres – azur et tu n'es pas complètement débarrassé de ton goût du drame, de ton monde d'espoir et de désespoir, d'amour et de haine, d'acceptation et de refus de force vive et de faiblesse désolante. Tu crées en toi un monde de silence, mais aussi contradictoirement un monde de questions douloureuses auxquelles les réponses ne peuvent être données qu'à travers des expériences de désespoir et d'amertume. Il faut recomposer ton moi profond et analyser, analyser, car l'analyse déchire bribe par bribe le voile qui feutre, qui obscurcit une vie. Ne pleure pas sur le nuage qui s'effiloche en lambeaux gris et lourds, mais réjouis-toi de voir s'éloigner ces débris sinistres car derrière les voiles sombres, l'azur lumineux et intense qui te fascine tant te ravira par sa pureté.

Nous te le répétons, rejette en profondeur tes questions angoissées, et crispe tes doigts sur cette main que nous tendons vers toi pour t'entraîner vers le chemin doux et fleuri de l'espoir. Tu vas penser que nous ne donnons pas d'exemple précis, mais ce n'est pas notre rôle, tu dois chercher et trouver. Tu peux et tu pourras plus encore si, chaque jour, tu sais ajouter sur l'édifice que tu es en train de construire, avec notre aide, une pierre blanche d'un merci, d'un élan, d'un espoir. Accepte tes soucis, tes épreuves comme des moteurs d'avancement, car ils t'aident à t'élever, dans le calme, sans précipitation, tu peux tout surmonter, suis la route où nous te guidons, même si le chemin te semble long, car vous devez aller votre chemin et suivre la voie tracée. Si tu le dois, si tu le peux, donne sans réserve à celui dont l'âme déchirée pleure, avec la merveilleuse sincérité de l'élan. Mais si tu décèles le mensonge, si tu vois la calomnie, si tu comprends la haine, donne tes conseils et non ta pitié, éclaire et explique, encourage et guide.

La graine mise en terre s'endort dans un sommeil souvent très long, mais le miracle se fait un jour et vous tiendrez un jour dans vos mains une merveille. Abstrait, ce message ? Mais nous ne pouvons plus te parler comme au début, nous t'apportons l'offrande de cette fleur d'amour. Garde-la entre tes mains, contre ton cœur, il faut le recul du temps et l'épreuve des expériences pour découvrir le sens caché des mots et des avertissements. Il faut toujours relire, et analyser pour comprendre. La lumière est quelquefois cachée par l'écran des mots ou des faits obscurs. Nous t'entourons sans cesse, ne l'oublie jamais, la pluie dorée de nos vibrations te pénètre et notre tendresse te porte. Si tu le désires, pose des questions précises, si nous le pouvons et le devons, nous essaierons d'y répondre. Nous n'aimons pas que ton âme soit « chiffonnée », nous voulons la rendre soyeuse, lumineuse. C'est notre but le plus cher. Nous voulons vous donner l'espoir brillant et la tranquillité radieuse de notre plénitude.

ISABELLE

* Maman appréhende de te lire ce message, vu tes réactions, mais elle ne peut te donner que ce qu'elle reçoit et c'est déjà énorme. Tant de personnes la sollicitent et n'ont rien. Penses-y. Nous vous aimons.

LE 21 JUILLET 1993

Bonjour, Jean-Paul. Maman se fait du souci car elle n'a aucun commentaire à mon dernier (long) message. Malgré son désir de « faire le vide », elle est constamment sollicitée, et elle est toute fragile en ce moment. C'est là où nous te demandons de l'aider car nous ne pouvons tout faire. Nous avons beaucoup de tendresse pour toi, mais la tendresse s'accompagne de fermeté et d'intransigeance, si elle veut gagner en qualité. La tendresse est l'art de sentir la nature de « l'homme » tout entier, dans toute sa personne, tous les mouvements de son âme, fussent-ils les plus cachés, en pensant toujours à son bien véritable. Telle est notre tendresse ! Nous savons que tu es en période de détente, de repos (?) et justement, peut-être, sauras-tu mieux apprécier et approfondir nos conseils, si tu le désires. Nous applaudissons à ton idée de livre, mais il faudra que ce soit plus qu'un roman, une fiction, tu ne peux plus te contenter d'un « dernier message[1] ». C'était bon *avant* ! Ta « voix » doit porter plus loin et plus haut, car tu as été choisi. Tu peux aider et tu dois aider. Aider à transformer, à changer la vie dans ce monde si souvent hostile et cruel ! C'est toi qui écris, qui parles et ce n'est plus toi. Tu es devenu, à ton tour, un canal, un relais, un phare, une lumière. Tu as accepté ce destin que tu t'es fait. Tu as compris, tu *sais* et tu dois transmettre à ton tour cette connaissance nouvelle. Tu n'as jamais été abandonné, même si tu as traversé des moments difficiles, douloureux. Tu n'es pas seul. Sois-en persuadé. Sois ton ami car tu t'es

1. Titre d'un livre (fiction) de Jean-Paul.

souvent malmené, secoué, poussé à la colère. Sois confiant avec toi, et avec les autres.

Dis-toi que chaque instant est unique et précieux. Préfère à la chimère d'un avenir incertain, la richesse d'un moment de joie, de bonheur tout simple. Car souvent, pour dissiper la peur ou l'angoisse ou une déception, vous fuyez de toutes sortes de façons. Mais votre vie est votre création de chaque instant. Ne perdez pas *votre* vérité, vos vrais besoins. Ne succombez pas (ou plus) aux pièges de cette soi-disant liberté, qui n'est en fait qu'un esclavage. Car ce que vous tiendrez entre vos mains sera creux et vide. Ne dilapidez pas votre énergie en d'inutiles combats, à la poursuite de buts factices, car vous serez épuisés et malheureux. Votre société est diabolique. Il faut lui résister. « Ce que l'on prend d'une main, on le perd de l'autre », éliminez les faux désirs. L'important, ce sont vos relations vraies, profondes avec les autres. Message grave pour des vacances ? Mais c'est au prix de ces interrogations que vous trouverez l'harmonie, que l'équilibre vous sera familier. Il faut que votre égoïsme se tourne vers autrui, non pour l'écraser, le dépasser, non dans un conflit, mais dans un accord d'amour et d'affection. Soyez entourés d'un halo d'amour pour savoir vous faire aimer.

La beauté, c'est votre richesse intérieure. Il y a des physiques parfaits aussi froids que des statues de granit... La beauté vivante, c'est celle qui rayonne, la générosité et cette beauté-là demeurent éternelles tant que cette lueur persiste. Je le répète avec insistance, vous avez en vous tous les atouts, le choix et la possibilité du bonheur, de l'harmonie, mais il vous faut choisir le bon chemin, il faut que, malgré les pièges qui vous sont tendus dans votre société (réussite, argent, gloire, orgueil), vous construisiez votre propre vie, votre règle de vie, veiller sur « l'arbre de votre vie », pour qu'il puisse donner des fruits éclatants et ramener promptement un incident à ses proportions, chercher le bon profil des gens, les côtés souriants de la vie. Ne pas décevoir par des énervements puérils, par une trop grande émotivité, par des susceptibilités. On se heurte alors à un homme (ou une femme !) en désordre intérieur et en bagarre. Remèdes ? Revenir au centre, ne pas rester à la « banlieue » de soi-même, se retirer du balcon où vous recevez tous les chocs de la vie. La ressource, c'est le recul, les retrouvailles avec soi-même. Si vous projetez une perpétuelle grogne sur ce qui vous arrive, vous noircissez, vous devenez négatifs, vous poussez au tragique. Vous êtes tiraillés entre ce que vous rêviez de vivre et ce que vous vivez réellement. Mais vous êtes aussi en train de gâcher le possible en le vivant avec regret. Tu ne peux plus te replier, être du côté des paroles, il faut passer aux actes. Ne plus perdre ta vie dans des chemins de non-amour. Ne pas rejeter tes émotions et tes désirs, mais ne plus les laisser engendrer anarchiquement des pensées, des paroles négatives et des manifestations de découragement. Mais il faut que cette démarche ne soit pas cérébrale. Aimer *vraiment* exige deux mouvements de vie profonde : la remise face au but et la demande de force. Sans ce retournement et cette imploration, l'amour ne restera qu'un rêve constamment démoli par la vie (qui a dit que je ne parlais pas d'amour ?). Faire le choix inconditionnel de l'amour, « entrer en amour », c'est tout autre chose que de choisir ce qui vous dérange le moins. Il faudra que tu prennes le temps, Jean-Paul, sur une plage déserte ou sur une montagne (*sic !*) de décortiquer ce lourd message, de l'assimiler, de le décanter... À ton retour, tout sera rentré dans l'ordre et tu aborderas les conférences avec une confiance et une sérénité nouvelles. L'effet boomerang n'était pas une menace, mais une directive d'amour et d'amitié. Nous te paraissons intransigeantes, mais c'est notre immense tendresse qui voudrait t'éviter (tous) les écueils... T'avons-nous bercé avec des contes de fées ? Tout ce que nous t'avons prédit s'est réalisé, non ? De la superficie chaotique, tu descends vers ta profondeur (tout au moins, c'est notre but et notre mission), et tu as eu des intuitions fulgurantes. N'as-tu pas écrit dans *L'Amie invisible* : « Mon âme t'est plus accessible qu'à mon propre regard »... et « Ne cherche plus à détruire l'ivraie qui est en toi, transforme-la en fleur »... Je pourrais t'en citer tant d'autres, dont *La Neuvième Heure*[1], qui résume tout ! Car il est juste que l'ivraie pousse avec le blé jusqu'à la moisson. Et c'est à ce moment-là qu'il faut la brûler. Mais la moisson est là, Jean-Paul, et il est temps de récolter. C'est un message à plusieurs épisodes – comme les feuilletons de l'été –, maman n'est pas toujours disponible et elle a, elle aussi, le cœur « en berne », en ce moment.

Pourtant, comme nous voudrions vous sentir pleinement heureux ! Mais vous ne pouvez plus baisser les bras. Les « autres » ont besoin de vous, mais pas seulement de vos paroles, surtout de vos actes, vous *savez*, mais il faut *faire*. Il ne faut pas rester dans la lamentation ni dans l'explication, il faut la transformation. Nés de l'amour, vous allez vers l'amour et vous vivez sous le regard d'amour, celui de vos guides, le nôtre...

Je te parle aussi beaucoup de foi, elle est nécessaire à votre vie comme le levain à la pâte du pain, le sel à la terre, la sève aux sarments. La foi est l'acte même de votre liberté sans avantages et sans alibis. Ce cadeau vous est constamment offert pour le jour où vous vous

1. *La Neuvième Heure*, ouvrage de Jean-Paul.

déciderez enfin à le prendre. Mais la foi est une feuille qui flotte au vent, une flamme de bougie qui tremblote, un filet de voix, elle est souvent menue et mal assurée. Et nous sommes là pour vous aider, vous rassurer, pour vous relever incessamment au moment de vos chutes et de vos faux pas. Loin de nous de mépriser les méfiants, nous ne vous faisons pas reproche de douter des autres, de vous-mêmes (enfin... pas trop !), vous êtes plus compliqués que les enfants, plus soucieux que les oiseaux du ciel et plus frileux que l'herbe des champs. Mais resterais-tu longtemps en « âne corse » contemplant l'azur à satiété ? Il ne faut pas regretter ce que vous avez semé. Retrouvez votre souffle, ranimez en vous le goût du bonheur, et surtout retrouvez la confiance. Reposez votre tête, votre corps et votre cœur pour que vous puissiez, très bientôt, vous enchanter des « choses » les plus simples ! Ramenez-vous au milieu de vos espoirs, et n'oubliez pas de remercier, de vous émerveiller. Remerciez pour la guirlande des affections, de la tendresse qui vous entourent, remerciez même de vous placer face à des obstacles qui forgent votre être et vous obligent à défricher votre vie, remerciez des moments tremblants et fragiles, car si vous perdez votre aisance première, vous trouvez une endurance seconde. Demeurez dans la reconnaissance contre la cendre de la méconnaissance et de l'inconnaissance (?).

Je vais terminer enfin ce long monologue, pour ce jour, Jean-Paul, car il y aura toujours un « encore » ! Et cet encore brillera comme la perle dans l'huître entrouverte. Courage, mon ami, repose-toi, ressource-toi, abandonne ton anxiété, ou alors qu'elle te rende plus humble qu'effrayé, plus perméable que barricadé, plus fort de cette « faiblesse » que détruit par elle. Nous agissons par interrogations, pour t'amener au bout de ta foi. Nous mettons l'impossible là où tu bornes la limite de tes attentes. Alors, espère et mets ton impossible dans notre possible !...

Je vais arrêter pour ce jour, mais sans doute, à bientôt, mon ami cher, « l'époux » bien-aimé de Pascale.

Nous t'embrassons de tout notre amour, notre tendresse. Que la lumière de Corse t'illumine !

ISABELLE

* Une conclusion : Un extrait de lettre adressée à maman, ce matin, et à toi : « Votre troisième livre est "l'amour dans toute sa pureté". Ce que vous avez semé, vous le récoltez au centuple. Jean-Paul doit continuer son ascension, se laisser guider, lâcher prise et dire : "Dieu, je m'en remets à vous." Ses contes et écrits sont nécessaires, car ils sont à la base d'une nouvelle culture. Ces lectures apporteront une nourriture spirituelle positive aux personnes et aux enfants qui les liront. Les vieux concepts négatifs s'en iront d'eux-mêmes, ce qui pourra éviter certaines catastrophes pour l'avenir. Ayez confiance »... (à suivre).

LE 29 JUILLET 1993

Bonjour, Jean-Paul, médite cette pensée : « Chaque fois que vous rencontrez quelqu'un en profondeur, vous verrez apparaître du surprenant, de l'inclassable. » Aimer, c'est écouter sans hâte. Ne jugez pas trop vite. Êtes-vous sans failles ? Ayez un cœur « écoutant », c'est-à-dire un cœur sage et intelligent. Tu dis que je ne te parle pas assez d'amour, mais nous ne faisons que cela ! Sans doute, ne s'agit-il pas du même sens du mot amour ! Je te reparle de la foi : la vraie foi, la véritable confiance engendre le calme et l'humour, et de l'humour, tu en as, Jean-Paul. C'est un don. Ne pas se prendre trop au sérieux, voir à temps le comique d'une situation savoureuse pour le partager, le distribuer à tous ceux qui vous attendent, qui vous espèrent, qui vous tendent les mains. Et pour ce faire... confiance, confiance... Confiance en nous, confiance en vous, car vous ne pouvez pas séparer ce que vous pensez de vous de ce que vous pensez d'autrui. Si vous doutez des autres, de l'autre, c'est que vous n'avez pas confiance en vous. Le manque de confiance en vous est un obstacle au bonheur, une barrière devant l'harmonie, l'épanouissement.

Nous te demandons, Jean-Paul, instamment, de *te* faire et de *nous* faire totalement confiance. Ne laissez pas le doute gagner, car le manque de confiance est contagieux, comme une maladie. Sans confiance, rien n'est possible : ni l'amour, ni le bonheur personnel, ni la « réussite », ni l'équilibre, non seulement de toi-même, mais de ceux qui t'entourent. Aie foi dans ce que tu accomplis, dans ce que nous te conseillons de faire et d'être. Crois-tu que l'impact des livres serait si fort si les gens n'avaient pas foi en ce que vous écrivez, et l'inverse est aussi vrai ! Ces livres sont votre vérité, notre vérité et ils apportent la vérité à ceux qui les lisent. Il faut croire dans ce que tu fais, tu as quelque chose d'important à exprimer, tu es le seul à pouvoir l'exprimer avec tant de poésie et de force. Libère-toi de tout doute, libère ton énergie profonde, libère cette confiance qui sommeille encore et tout « sera bien » ! Mais cette confiance, il faut l'apprivoiser (comme dans *Le Petit Prince*) et il faut vouloir. Et surtout, abandonner les attitudes, les pensées négatives – j'y reviens –, votre énergie psychique (et physique) a besoin de votre confiance. Vous avez un potentiel énorme, des pouvoirs immenses et ces pouvoirs, vous devez les utiliser. C'est une question de cœur et de volonté. Ne laissez pas vos pensées divaguer : apprenez à vous concentrer, à les canaliser, à ne pas entraver votre énergie. Ayez la puissance de « la foi qui peut soulever des montagnes ». Épanouissez-vous, soyez une branche brillante, un rameau étincelant du bouquet immense qu'est l'humanité. Vous avez un rôle important à jouer, je le redis avec virulence. Émettez de l'amour et vous recevrez de l'amour.

Devenez des « animateurs » de la confiance et de l'espoir. Et n'oubliez pas que l'amour est durée, l'amour est volonté. Soyez harmonie, sincérité, vérité dans vos échanges. Et tout sera limpide. Nous vous aimons.

ISABELLE

LE 31 JUILLET 1993

Bonjour, ami Jean-Paul. Quelle correspondance assidue, n'est-ce pas ? La trouves-tu trop harcelante ? Elle est à « bâtons rompus », mais elle n'est pas fortuite ni innocente. Elle a un but précis et cette période s'y prête particulièrement. Tu me fais souvent grief de te faire des reproches, mais le reproche est une parole d'amour, de notre part. Rappelle-toi : « Si ton frère vient à pécher, va le trouver et fais-lui tes reproches seul à seul. S'il t'écoute, tu auras gagné ton frère ! » Très délicate mission, mais quel objectif ! C'est un enjeu d'amour que nous devons oser essayer de réussir. On dit souvent que le « silence est d'or ». C'est faux quand le silence est lâche ou égoïste. Nous n'essayons pas d'enfoncer, mais de soulever, avec autant de doigté et de pureté de cœur que nous le pouvons. Car le reproche doit être œuvre de clarté, montrer comment réparer et guérir. L'oreille d'un réprimandé est fine et il saura vite si le reproche est de l'amour. Dans votre monde, un dialogue d'hommes n'est jamais un dialogue « d'anges », mais il vous faut devenir un cœur qui écoute. Et vous battre pour la vérité. Ce combat demande autant de modestie que de fougue. Il faut défendre ce que vous avez appris, ce que nous essayons de vous apprendre, message après message, page après page, ce que vous avez acquis par l'étude, la discussion, la vérification, l'écroulement parfois (!) et la reconquête. Il faut du courage, de la confiance (encore et encore !). Il faut débusquer la paresse, qui ne veut pas chercher la vérité, l'égoïsme, qui ment pour se désengager, l'orgueil, qui préfère tout qu'être humilié, l'habitude et les intérêts. « Vous êtes des appelés à l'impossible », il faut faire le choix inconditionnel de l'amour. Ne plus s'inventer d'alibi, de faux-fuyant, faire un effort constant pour ne pas se résigner au non-amour : « Ce que vous voulez que les autres fassent pour vous, faites-le vous-mêmes pour eux ! » Ah ! l'égoïsme, le narcissisme, l'abus du « moi », du « je », l'incapacité d'écouter vraiment, l'allergie à aider, l'effrondrement au moindre petit malaise physique (et j'en passe).

Être admiratif, au contraire, est un excellent antidote. Être positif, être en disposition de louange, de jugement favorable, créera une véritable onde de paix et d'amour. Aimer, même dans la lassitude, dans le découragement, les doutes. Aimer ne peut jamais attendre. Il faut une folle confiance. Car au sommet, c'est de la joie, la joie sereine, la joie plénitude. Dieu est pur amour. Vous, vous essayez, mais cet or lumineux est mêlé de scories, vous êtes encore loin d'être totalement amour. Pourtant, jour après jour, vous devez tisser votre « corps de gloire, votre être d'éternité » et il sera or pur, joyau étincelant, si vous acceptez de nous écouter.

La « mort » n'a plus déjà la même prise sur vous, depuis ce que vous vivez, et en devenant de plus en plus « vivants », vous commencez votre vie éternelle, votre vie de joie et de félicité. Enlevez votre cuirasse d'indifférence, d'insensibilité, de frilosité, que vous vous mettez encore pour vous protéger, mais en fait, elle ne protège qu'un « cœur vide » ! Et quelquefois, vous cultivez les autres, l'autre comme un alibi, il devient un faire-valoir, un « matériau de remplissage ». Vous baptisez cet acte générosité, besoin de l'autre, et il sert seulement à remplir ce vide en vous. Mais le vide est toujours vide, alors, il vous arrive d'accuser les autres, de les rendre responsables, vous vous prenez au piège de vos alibis. Si vous vous en rendez compte, vous êtes sauvés ou tout au moins sur la bonne route. C'est une lumière douloureuse et bonne que nous essayons de vous faire découvrir !

ISABELLE

* « Toujours l'aube engendrera l'aurore, et l'aurore le plein jour. Les ténèbres ne résistent pas à l'aube qui se lève » (Tu l'as encore mieux défini, Jean-Paul !).

LE 1er AOÛT 1993

Bonjour, Jean-Paul, tu nous mets à l'épreuve, tu as mis maman à l'épreuve, nous te mettons à l'épreuve, mais tout sera positif et bénéfique. Nous te le certifions une fois encore. Tout est bien, et chacun face à sa misère : dispersion des responsabilités, désir d'aimer et incapacité de l'atteindre, éclair qui illumine le cœur et longs moments de doute et d'incertitude, lentes maturations qui paraissent ne jamais arriver à terme. Oui, tout est bien ! Les obstacles sont un tremplin sur le chemin d'amour, et chaque pas aplanit un peu plus la route. De temps en temps, il faut aussi savoir accepter la « déroute », comme une nouvelle naissance, comme une magnifique promesse de vie. La vie est d'abord une « expulsion » et vous devez encore et encore couper le cordon, quitter vos rêves faux, vos nostalgies, les mirages, larguer les amarres, les regrets, les douleurs. Le passé, quitter votre « vieille peau »... La liberté est à ce prix, la liberté royale du cœur.

Pauvre maman, tu l'envoies souvent « sur les roses », à cause, sans aucun doute, de nos messages et nous l'exposons ainsi au droit de réponse qui peut être cruel pour elle, alors qu'elle n'est que notre intermédiaire. Nous lui demandons beaucoup de patience et beaucoup d'acceptations. De déchirures aussi. Le prix est lourd à payer, et ce qui est donné en échange est sans commune mesure avec le prix qu'il faut payer, mais c'est ainsi que vous gagnez la liberté promise à ceux qui « font la vérité »...

Vivre « éveillé » ou « réveillé » ne va pas de soi. Il faut être passé, mouliné au creuset de l'épreuve, avoir vécu ce que tomber veut dire ; c'est alors seulement qu'on devient vulnérable, vulnérable au pardon, offert à la tendresse et à la compassion. Tu dois continuer le combat, Jean-Paul, tu dois continuer les conférences, écrire, témoigner avec ce que tu es, ce que tu ressens. Tu pressens bien maintenant, encore plus qu'avant, en ton cœur et en ton corps, les symptômes du mystère de notre vie. Si ton aventure t'a conduit jusque-là, dans les yeux de tes interlocuteurs, de tes auditeurs, tu verras que tu ne « débites pas des sornettes » car tu seras en accord profond, et non en envolée spirituelle, si je puis dire, ou en percée sublime sur l'invisible. Tu seras authentique. La force de tes engagements, la qualité de ton « combat » viendront de la vérité de ta vie d'une part, et de ta capacité à garder l'œil clair d'autre part. Il vous faut vivre en apprenant la douceur, l'humilité, la tendresse, sans écraser ni mordre personne sur votre route, en aimant, en cherchant la lumière, sans avoir peur du froid et de la nuit. Nous sommes là pour essayer de vous réchauffer et de vous éclairer. Ne vous gorgez pas d'un « lyrisme de boulevard », ayez un discours sobre, net, sans complaisance et sans enflures. La sobriété est le signe d'un amour sain. Gardez une lucidité paisible et forte, prenez la mesure de votre souffle et de vos forces pour la randonnée fabuleuse que nous vous demandons d'entreprendre. En vous, enfouies, des forces vives seront libérées. Faites-nous confiance ! Avec l'aide de nos guides, nous savons « faire feu de tout bois ». Vous n'êtes jamais jugés ni condamnés, vous êtes dans la force vive de notre amour. Votre cœur est souvent double, tortueux, enténébré, fermé, mais nous sommes là pour vous aider à ce qu'il s'ouvre, se brise, qu'il exulte, qu'il jubile, qu'il chante, qu'il bondisse, qu'il brûle. Le cœur, ce sont les racines secrètes. Descendez dans votre cœur, non pas à la va-vite, mais pas à pas, sans vous hâter. Mais allez de l'avant.

ISABELLE

* Et combattez pour que votre « oui » soit un vrai « oui », net, chaleureux, catégorique. En tout cas, ne craignez *rien*.

LE 5 (?) AOÛT 1993

Bonjour, mon ami, car tu es mon ami et même très cher, quoi que tu en penses. Et c'est parce que tu es mon ami précieux, que tu es l'amour de Pascale, que nous ne pouvons plus te parler comme au début. En clin d'œil : serais-tu aussi têtu qu'un âne corse ? Nous ne voulons pas être injustes à ton égard, nous ne « t'accusons pas de tous les maux », nous t'aimons, Jean-Paul, et nous voulons te faire « grandir ». [...] Vous êtes francs et honnêtes envers vous-mêmes, et les lecteurs ne s'y trompent pas... Si tu lisais tout le courrier que reçoit maman, personne ne met en doute ton authenticité, ta sincérité. Alors ? Nous n'avons jamais dit que tu étais « superficiel » (aurais-tu été choisi pour être le récepteur de tant de messages ?), peut-être es-tu en période sombre, mais nous ne voulons pas te blesser, te faire de peine, tu sais bien que c'est à l'encontre de notre mission. Nous voulons que tu fasses confiance. Notre but n'est pas de te critiquer, ni de te louer, mais de t'aider, de te guider, avec, je te le confirme, une infinie tendresse et une mansuétude immense. Nous savons que nous te demandons, que nous vous demandons beaucoup, mais c'est à la mesure des dons reçus et de votre récompense future. Gardez sérénité et optimisme, malgré la morosité ambiante. Ne donnez pas prise au pessimisme. Une belle et lourde tâche vous attend, et il faut l'assumer avec « confiance » et sérénité. Car le besoin urgent et pressant de votre monde actuel est un changement, non pas intellectuel, mais une transformation du cœur. C'est pourquoi nous insistons tant et tant sur une confiance absolue. « Quand de vieux mots meurent sur la langue, de nouvelles mélodies s'élancent de notre cœur ! » « Sans chemin spirituel, l'homme est condamné à ne réussir qu'au-dehors et à mourir au-dedans. » Nos conseils, nos idées, nos « guidances » viennent, je te l'ai dit, de très nombreuses sources, dans l'Au-delà et dans votre monde. Les sujets ne sont à personne, mais à tout le monde. Chacun leur donne une vie et une forme nouvelles. Dans ces sujets, ces questions, sont contenues des réponses... Mais ces réponses sont lourdes d'autres questions, n'est-ce pas ?

Allons, mon ami, nous ne te « noircissons » pas, nous voudrions tellement que tu accèdes à cet azur serein et limpide où nous baignons. Nous crois-tu assez inconséquentes pour cisailler cet espoir fabuleux, cette régénérescence que nous avons semés avec nos messages et vos livres ? Crois-tu encore que tous ces échos, ces signes, ces preuves soient fruit du hasard ? Tu sais bien que non ! Alors, courage, abandon (je n'ose plus dire encore confiance). Alors... Espérance ? Assurance en l'avenir. Nous t'en faisons la promesse !

ISABELLE

* Laisse un peu « reposer ta tête », non pour tes créations, tes idées, tes projets, mais pour tout le reste ! Ne t'inquiète pas de la récolte (nous veillons... au grain !).

LE 21 AOÛT 1993

Bonsoir, mon ami, car tu es et restes mon ami, même si j'ai l'impression que mes messages ne te conviennent plus. Et pourtant, Jean-Paul, ils sont totalement authentiques et je ne pense pas mal te percevoir. Nous ne portons aucun jugement, aucune critique négative, mais une immense tendresse nous anime. Je dis « nous » car il est évident que Pascale ne s'est pas éloignée, bien au contraire, même si elle ne te parle pas en direct (et pour cause !). C'est ensemble que nous te parlons. Tu sais bien que nous avons toujours tenu nos promesses, seul le laps de temps et la forme ne sont peut-être pas ceux que tu souhaites. Tu trouves que je fais trop de citations, mais quand elles sont si vraies, si remplies de tout ce que nous voulons faire passer, pourquoi ne pas les utiliser ? Pascale n'en relevait-elle pas souvent quand elle était dans votre monde ? Elle est Pascale, avec sa philosophie profonde, je suis Isabelle avec ma façon de m'exprimer.

L'essentiel, ce n'est pas la forme, mais le fond ! Pierre Monnier est un grand mystique, Georges Morrannier un scientifique, Roland de Jouvenel un mystique également, et tant d'autres. Nous gardons notre personnalité et heureusement. Les petites divergences ne sont pas importantes, c'est l'essentiel, l'essence du contenu qui sont primordiaux. Nous sommes dans la lumière et essayons de vous la transmettre. Je répète avec force que nous ne voulons pas te blesser, que nous sommes amour inconditionnel, mais que nous essayons de te faire avancer et de faire avancer les autres. D'ailleurs, il est fort possible qu'il y ait un changement. Ne t'inquiète pas, maman, je serai toujours là, mais nous ne pouvons continuer à stagner, il y a toujours et encore évolution, et vous devez aussi suivre cette évolution pour ne pas nous perdre de vue. Jean-Paul, nous t'en supplions, accroche-toi, garde espoir et confiance. Après ce que tu as reçu, ce serait trop grave ! Oh ! non, ce n'est pas du chantage, mais un appel profond d'amour. Tu nous donnes jusqu'en décembre, dis-tu, mais que réserve demain ? On a conseillé à maman de ne plus te donner les messages mais elle ne peut s'y résoudre et ce n'est pas le but. Tant de gens en quémandent et n'ont pas une parcelle de miette ! Prie ton guide, Jean-Paul, demande-lui de t'aider dans ces moments « inconfortables », car, nous aussi, nous ne sommes qu'un relais : nos guides et nos maîtres nous transmettent et nous vous transmettons à notre tour. Bien sûr, notre connaissance a évolué, changé, mais nous ne savons pas tout. Dieu seul sait tout. Prie ton guide et prie aussi « l'ange » qui t'a été dévolu à ta naissance : Il s'appelle Mihaël... Il a aussi une mission spécifique, mais comme tu as le libre arbitre, tu peux faire tout l'opposé, alors prie-le pour qu'il t'aide.

Car toi aussi, tu es devenu un guide, un passeur.

Tout est amour. N'oublie pas ce que tu m'as écrit dans une si belle lettre : « L'essentiel est un acte de foi. » Tu es aimé, Jean-Paul.

ISABELLE

* Soyez toujours et encore happés, envoûtés par l'infini du beau !

LE 29 AOÛT 1993

Bonsoir, cher ami Jean-Paul, je ne suis pas la seule à pratiquer le régime de la douche écossaise, non ? Je suis à nouveau la « si aimante Isabelle » ! Pour combien de temps ? Ta note finale, tu l'auras, tu la découvriras.

Je te certifie à nouveau que les messages étaient bien de Pascale, mais me croiras-tu ? Nous n'allons pas continuer à tergiverser, à polémiquer, tant de travail nous attend. Je pense que maman est à un tournant important, mais je le répète, ma petite mère, je ne t'abandonne pas, on récolte ce que l'on sème. Je parle beaucoup de semailles et de moisson : votre présent est le résultat de ce que chacun de vous a semé dans le passé et votre avenir dépend uniquement de ce que vous semez aujourd'hui. « *Vous* aurez le destin que vous aurez mérité », oui, tu es un semeur, un guide pour de plus en plus de personnes et tu ne peux plus te permettre, sous peine de mauvais retour, de ne pas mettre ta vie en harmonie. Je répète que c'est une loi d'amour, tu as eu l'illumination, et le commencement d'une transformation qui doit se parfaire encore et encore, je vous ai dit que le temps, « votre » temps presse. Vous ne pouvez plus vous laisser aller à des choses inutiles et stériles. Vous arrivez à la fin d'un cycle et vous devez renaître à autre chose. Nous vous avons poussés, aidés, mais vous avez choisi de jouer un rôle dans ce changement. Vous ne pouvez plus reculer, sans de graves répercussions et pour vous et pour les autres. C'est un avertissement de tendresse et d'amour, et non des représailles...

Vous n'êtes plus aveugles, mais « voyants », ne vous inquiétez pas, vous serez informés de l'intérieur et ce ne sera peut-être pas l'action que vous auriez choisie délibérément. Cette lumière nouvelle qui vous a été donnée et que vous devez intégrer non dans votre tête, mais dans votre cœur, dans votre être profond, cette lumière va vous aider à dissiper crainte, peur, angoisse, faiblesse... Il faut vous dépouiller de vos vieux schémas, de vos anciennes structures, sinon des désagréments *importants* pourraient arriver. Vous ne pouvez plus être une branche morte, mais un rameau plein de sève et de vitalité, alors, une ultime fois, nous vous supplions de rejeter à tout jamais haine, égoïsme, violence et à être prêts à vous tenir les mains, car l'ego croit pouvoir régler les problèmes seul, alors que c'est lui qui les crée. Lâchez prise, non seulement aux attachements des idées, des biens matériels, mais aussi à vos peurs, vos angoisses. Je le répète, nous ne menaçons pas, nous ne faisons pas de chantage, mais au contraire, une promesse d'amour et de bonheur, de naissance, de création magnifique au sein d'un monde en pleine mutation, en chemin de création nouvelle. Vous pouvez le vivre de deux façons comme l'émerveillement, la propulsion d'une naissance ou, si vous refusez de changer, comme la fin du monde, nous avons fait le choix pour vous et nous vous supplions de l'accepter.

« Un être humain qui vit avec droiture dans sa vérité est l'expression du grand rire de l'univers. » Inspiration et confiance vous seront apportées au moment opportun.

Faites-nous totalement, entièrement confiance, nous sommes lumière et amour et tendresse et compréhension.

ISABELLE

* Vous êtes obligés de suivre un chemin. La liberté réside dans le choix de la lumière ou de l'obscurité. Ce choix détermine votre destinée et celle des autres. N'est-ce pas un enjeu capital ?

Courage, nos aimés.

LE 4 SEPTEMBRE 1993

Bonsoir, Jean-Paul, oui, vous êtes devenus des « guetteurs » comme ceux de la Bible, vous êtes ceux qui voient venir ce que les autres, dans leur insouciance, risquent d'oublier. Vous devez être ceux qui gardent le souci des autres, empêchant chacun de s'enfermer dans son égoïsme et sa tranquillité, car le guetteur doit être pur mais se doit de parler en toute franchise, c'est un devoir. Il est écrit que : « si le méchant va mourir et que tu ne l'avertisses pas d'abandonner sa conduite, il mourra de son péché, mais toi, tu rendras compte de son sang. À l'inverse, si tu l'avertis et qu'il ne t'écoute pas, il mourra de son péché, mais toi, tu auras gagné ta vie ».

J'ai un peu transformé le livre d'Ezéchiel, mais le sens est le même. C'est dans un but précis que je te cite ces paroles. Réfléchis et dis-moi si tu comprends à quoi et à qui je fais allusion... Ne gardez qu'une dette d'amour car l'amour ne fait rien de mal au prochain, au contraire. Apprenez le désintéressement, n'exploitez plus personne, soyez honnêtes en profondeur, ne dramatisez pas, ne mentez pas, car tout se retournera contre vous. « Si ton frère a commis un péché, va le trouver seul à seul et montre-lui sa faute, s'il t'écoute, tu auras gagné ton frère » etc., tu connais la suite, c'est un devoir grave dans votre monde. Tout est sacrifié au soi-disant bien-être, à l'argent, à la technicité, à l'investissement, à la rentabilité. La seule rentabilité valable et primordiale est votre rentabilité spirituelle, car vous abandonnerez tout le reste, il faut tout, tout de suite, mais la durée, le temps sont une notion très relative. Une heure d'angoisse dure bien plus que soixante minutes, une heure de joie paraît durer une seconde.

Le temps est difficile à mesurer, pour vous, et encore plus pour nous. « Il faut toute une vie pour marcher vers la durée qui défie le temps et qu'on nomme éternité. » On peut apprendre très vite quand on a une bonne mémoire, mais comprendre, vivre, semer l'enseignement que nous essayons de vous donner demande de la persévérance, des chutes parfois, des départs nouveaux... mais la joie sera sans fin !

Retrouvez le sens de la durée, refrénez votre impatience, et soyez optimistes et confiants. Ayez une vie droite, car vous ne pouvez transmettre et rayonner que ce que vous vivez en vérité, en profondeur et non en apparence.

Je te parlerai de Dieu une autre fois. C'est une force fabuleuse d'énergie, d'amour, une intelligence supérieure éblouissante et surtout, je le redis, une énergie d'amour incommensurable, et n'oubliez pas que Dieu est en vous, que l'étincelle divine vous habite. Il ne tient qu'à vous de la faire jaillir et d'incendier les autres de ce rayonnement miraculeux.

À bientôt, Jean-Paul, médite bien ce message (et les autres), nous t'aimons, tu le sais, et ne sommes pas injustes : exigeantes, mais par amour pour toi.

ISABELLE

* « Votre amour a vaincu le désespoir et ses silences »... Que c'est beau et inspiré ! Connais-tu l'auteur ? À appliquer et à méditer...

Le 16 septembre 1993

Bonsoir, Jean-Paul, on ne pose plus de questions ? Mon dernier message t'a offensé ? Mais nous ne pouvons te dire que ce que nous percevons. Tu réagis violemment à certaines de mes affirmations, mais je les maintiens, nous les maintenons, nous ne voulons pas te fragiliser mais, au contraire, te stabiliser, t'affermir, te donner le baiser de paix.

Tu me parles souvent de Dieu, mais Dieu appelle. Ses pensées ne sont pas vos pensées, ses chemins ne sont pas vos chemins. Tu me demandes de te parler de Dieu, je t'en ai déjà esquissé un « portrait », si je puis dire, bien vague, c'est certain mais toutes les définitions sont bancales, car le mystère ne peut s'enfermer dans des phrases, dans des mots. Pour le Christ, c'est plus facile, car il a vécu en homme, mais il a parlé de Dieu dans sa façon d'être, de vivre, dans ses actions, dans son enseignement. Il a souvent usé de paraboles, comme tu fais parfois avec tes contes, sous une autre forme, parce que c'était plus parlant, mais aussi pour faire comprendre que Dieu n'est pas réductible à vos mots. Dieu appelle chacun dans son moi profond, chacun a une parcelle divine et la réponse est toujours un acte de liberté, un choix que personne ne peut juger. L'appel vient de Dieu et c'est lui le Maître, mais qui n'impose pas, qui laisse le libre arbitre. Dieu est amour, d'une justice infinie, mais peut-être pas selon vos lois humaines, selon votre notion de la justice. Dieu voit dans le cœur, dans le tréfonds de chacun et juge, si l'on peut dire, avec une miséricorde et une tendresse infinies, que vous ne pouvez imaginer. Pour vous rapprocher de cette tendresse de Dieu, il faudrait peut-être apprendre dans vos relations avec autrui à « ne plus regarder l'autre avec un œil mauvais », alors vos chances sont plus fortes de vous approcher un peu plus de Lui. Jésus est venu le révéler et il est la parabole vivante de Dieu. C'est un Dieu prodigue en pardon. « Que le méchant abandonne son chemin et l'homme pervers ses pensées, qu'il revienne vers Dieu qui aura pitié de lui, qui est riche en pardon. »

Menez une vie digne, vivez ou essayez de vivre en suivant l'enseignement du Christ. « Mourir » est un avantage, une grâce, mais si, en vivant dans ce monde, vous faites un travail utile, demeurer dans ce monde est encore plus nécessaire. C'est, je crois, ce qui vous est demandé, c'est une brève esquisse, j'en conviens, mais si je pouvais résumer, je dirais qu'avant tout Dieu est une force d'amour inimaginable. Laissez-vous envahir par cet amour, il se servira de vous pour accomplir son œuvre. Soyez un « canal » ouvert et réceptif, en suivant votre intuition, en laissant passer plus de conviction, de puissance, de créativité et d'amour. Plus vous accepterez de recevoir de l'énergie, plus vous pourrez en donner. Ne trahissez pas ce que vous sentez, la source de l'amour et de la joie est en vous. Pour écrire un livre, centrez-vous sur l'énergie qui circule de vous vers les autres. Quand les gens vous disent : « J'aime votre livre, il m'a tant apporté, il a transformé ma vie, etc. », soyez conscients que cette appréciation vient d'eux à vous et retourne à la source, à l'univers, à Dieu. Dans ce monde, il vous faut découvrir quelque chose de simple et de beau qui peut vous guérir de votre souffrance. Si tel est le cas, le vrai roman, c'est de vivre dans la lumière.

ISABELLE

Le 19 septembre 1993

Bonsoir, Jean-Paul, bonsoir, maman, je vous associe parce que nous sommes rayonnantes de votre comportement, de vos réactions, de vos réponses lors de cette conférence. C'était magnifique et, Jean-Paul, tu as vraiment été inspiré, ce n'est qu'un début, ne vous avions-nous pas dit que tout irait bien ?

Avez-vous senti notre présence ? Là, vous nous comblez et tout cet amour, nous vous le rendons au centuple, si tu savais combien il m'est plus agréable de t'écrire un tel message ! Je suis attristée quand je te tance, que je te harcèle parce que je sais que je te perturbe, mais il est impossible d'agir autrement, merci de nous écouter, merci de nous suivre, merci de vous laisser guider... Ayez toujours en tête que c'est votre bien qui nous importe, et à travers vous celui des autres, mille mercis, nos aimés.

Je change de sujet pour les signes des « pies [1] » sur le chemin de cette personne, il est certain que ce sont des évidences, ce sont des messages sous une autre forme, mais qui ne peuvent, vu leur répétition et les moments choisis, être le fruit du hasard. En doutais-tu, Jean-Paul ? Il ne faut pas, bien sûr, tomber dans le piège de tout interpréter comme des signes, mais quand c'est original, flagrant, avec un symbole précis, comment ne pas l'accepter comme un cadeau merveilleux ? Vous passez encore à côté de tellement de vérités, d'évidences, à cause de votre mental et de votre esprit rationnels. C'est vrai que le

1. Voir le témoignage de cette personne dans la première partie de l'ouvrage.

cerveau recèle des tas de possibilités inexploitées, mais le cerveau est une partie de vous, il est aussi le siège de l'intuition, de la télépathie, de processus que vous ne connaissez pas encore et qui, paradoxalement, prouveront tout ce que vous êtes en train de prôner, de divulguer et de bien d'autres découvertes « paranormales ». Vivez comme un canal de l'univers, ouvert à la force et à l'amour de Dieu, et vous disposerez de toute une gamme d'émotions, de sensations et d'expressions. Percevez, en toute lucidité, vos impulsions intérieures, sans tricherie et sans leurre, vous serez en tout état de cause forcés par les événements, les circonstances de la vie à explorer à fond votre être intérieur, car votre « moi supérieur » veille pour que vous receviez, d'une manière ou d'une autre, le message quant à ce que vous devez faire (et nous sommes là pour veiller au grain). Attendez-vous souvent à l'inattendu. L'idéal est d'harmoniser en vous celui qui « fait » (mais qui n'est pas toujours positif) et celui qui « est », car ce dernier est plus orienté vers son harmonie intérieure, vous suivrez vos impulsions. Vous agirez spontanément d'après vos sentiments et vous serez poussés à plus d'action par votre moi intérieur, vous vous exprimerez d'une manière ferme et directe, et vous vivrez toute la gamme, toute la panoplie du « faire » et de « l'être », et ainsi vous pourrez suivre votre guide intérieur... et les autres ! N'attendez pas la plénitude et le bonheur à l'extérieur de vous, vous n'en retirerez que frustration, amertume, dépit, ressentiment, c'est un signe d'insécurité affective, je pense l'avoir déjà dit, les relations sont en vous, toutes les autres ne sont que des miroirs. Si vous sentez la force vive et la puissance de Dieu circuler en vous, vous vous créerez une vie ardente et pleine que vous pourrez partager. C'est un long travail, mais notre vigilance et notre amour ne vous feront jamais défaut.

ISABELLE

* Et surtout soyez toujours vrais et honnêtes. C'est la clé de toute votre crédibilité de la confiance, encore merci, merci, merci...

LE 23 SEPTEMBRE 1993

Bonsoir, Jean-Paul. C'est un message de soutien et d'amour. Si c'était pensable, nous t'inonderions d'encore plus d'amour, mais nous te le donnons sans compter. Relis bien les messages, à tête reposée, essaie de les décanter, de les assimiler, de les intégrer. Fais la paix avec toi-même, en toi-même. Regarde l'impact de ton témoignage. Crois-tu que ce n'est pas positif? Nous n'avons pas perdu la notion de votre temps, mais vos demandes ne peuvent pas toujours être exaucées dans le temps que vous quémandez. C'est voulu... Et c'est avec le recul que vous comprenez. C'est un chemin âpre et ardu, mais quelles merveilles au bout de ce chemin ! Vous êtes dans une période de chaos et de confusion, mais aussi de recherche, de quête. Car si vos progrès technologiques sont énormes (je parle de l'Occident), il y a en contrepartie une terrible pauvreté spirituelle et le sentiment d'être coupés de la source. En Orient, les traditions spirituelles sont plus anciennes et puissantes. L'Orient pourrait être le représentant du « féminin » qui existe en chacun de vous, intuition, spiritualité. L'Occident est une énergie plus « masculine ». Ces deux mondes sont attirés l'un par l'autre avec un certain degré de peur et de méfiance. Chacun est pourtant avide de ce que possède l'autre. Ils peuvent beaucoup apprendre l'un de l'autre, mais tout comme l'homme et la femme, ils doivent en fin de compte trouver en eux-mêmes ce qu'ils envient ou admirent chez l'autre.

Vous êtes devenus des « chercheurs spirituels », des participants de la transformation vitale, mais vous devez le faire dans le monde avec le même engagement envers votre être spirituel que si vous aviez renoncé au monde. C'est une voie difficile. Vous devez vous abandonner totalement, vous laisser guider tout en vivant dans le concret et le matériel de ce monde. Alors, laissez au pouvoir spirituel qui est en vous le soin et la permission de dissoudre et de transformer tous ces attachements au monde. Au plus profond de vous, il y a une nature aimante, puissante et créatrice, mais vous avez été tellement formés (déformés !) à vous méfier de vos sentiments, à ne pas vous exprimer clairement et ouvertement que vous avez refoulé cette nature aimante, et supprimé vos élans spontanés. Si vous vous défiez de votre savoir intuitif, recherchant en remplacement l'autorité, l'approbation des autres, etc. Vous vous dépouillez non de votre « vieille peau » – hélas ! – mais au contraire de votre pouvoir personnel et vous avez le sentiment d'être désemparés, vides, fragiles. Beaucoup de solutions se proposent à vous, mais aucune n'est positive. La vraie solution est de vous rééduquer et d'apprendre à écouter votre vérité intérieure, qui se manifeste par vos sentiments intuitifs. Vous y gagnerez l'intégrité, la plénitude, la puissance véritable et la sécurité réelle. Pour ce faire, il vous faut entraîner votre intellect, votre mental à écouter et à exprimer la voix de l'intuition. Et si vous écoutez cette voix, vous en profiterez et votre entourage également. Si vous continuez à suivre cette voie (avec un « e » !), vous attirerez de plus en plus de gens qui vous aimeront tels que vous êtes et voudront en profiter pour entrer en relation avec vous sur un mode différent et nouveau. Nous vous l'assurons de toute notre inébranlable certitude et de toute notre tendresse.

ISABELLE

* Les portes s'ouvriront miraculeusement et vous goûterez la joie d'être un canal [...] créateur. Courage, Jean-Paul. Tiens bon. Nous sommes là !

LE 23 SEPTEMBRE 1993

Salut, ma petite mère. Tu as un petit message bien court, mais ne te sens pas frustrée. À travers les messages pour Jean-Paul, tu en glanes pour toi également, pour ton évolution. Et je sais que tu l'acceptes maintenant, tu sais que je suis là, que je t'entoure de tout mon amour, que nous sommes en osmose, en symbiose totales. Mais je veux aussi te faire un cadeau. Le nom de ton ange de naissance. Il t'importe peut-être peu de connaître son nom, mais tu pourras ainsi l'invoquer, le prier personnellement. Il s'appelle Pahaliah. Je sais que toi, tu me crois et que tu n'as pas besoin de preuves, mais si tu veux, demande la confirmation à Monique D. Cet ange est important pour vous, car il guide toute votre vie. Vous avez d'autres guides, bien sûr, mais lui est chargé particulièrement de votre cas. Voilà, maman chérie. Tu n'auras pas de grands discours, mais tu sais que je suis toujours présente en toi, et que bientôt tu n'auras plus besoin de mes conseils. Je serai toujours infiniment présente, mais tu vas vers autre chose. Laisse-toi faire, continue de rester confiante et « confortable » (selon ton mot !), garde ta sérénité, continue à aider notre Jean-Paul que nous affectionnons tant !

Je t'aime, maman, mille fois plus qu'avant et pourtant, tu as toujours été mon modèle. Merci d'accepter tous ces bouleversements, tous ces tracas. Tu seras récompensée, je te le promets.

Bonne nuit. Remonte le moral à Chantal que j'adore et qui n'accepte pas encore mon départ. Aide-la si tu peux et si elle le veut, car elle est bien ma cousine ou ma « jumelle », aussi obstinée que moi...

Je t'embrasse de toute mon âme.

ISABELLE

* Les conférences seront un succès, nous y veillerons et nous vous accompagnerons. Merci de tout accepter avec le sourire du cœur.

LE 7 OCTOBRE 1993

Cher Jean-Paul, à mon tour de jouer « au chat et à la souris » ! Tu auras ton message à votre retour. Nous vous protégeons. Toute notre tendresse vous accompagne. Finis les doutes, n'est-ce pas, mon ami ?

ISABELLE

* Le nom de l'ange gardien de Carole ne commence-t-il pas par un V ? Dans le train entre Orly et Paris (clin d'œil !)

V comme l'envol d'un oiseau !

LE 8 OCTOBRE 1993

Non, maman, je ne te fais pas « tartir » (comme tu dis). Ton « canal » n'était pas assez « dégagé », le nom est Véhuiah. À bientôt, un plus long message, nous vous adorons. Vous êtes nos amours.

ISABELLE

LE 8 OCTOBRE 1993 (Vérifie !) nous... et le temps !...

Ma petite mère chérie, pardon pour ce court message, mais je veux faire un cadeau à Gisèle parce que c'est la maman de Pascale et que nous l'aimons beaucoup. C'est une femme courageuse, droite. Vous vous ressemblez. Pascale l'adore. Son ange de naissance est Mahasiah. Elle peut le prier. Attendez le « verdict » de Monique D. Courage, maman. Je sais que tu passes des moments difficiles, mais je veille sur toi avec mon immense amour. Je voudrais tant que tu sois profondément heureuse.

Courage, maman chérie, tu y arriveras, je t'aime de toute mon âme.

ISABELLE

* Je te promets une longue conversation cœur à cœur... quand le temps sera venu.

LE 13 OCTOBRE 1993

Jean-Paul, mon ami, bonsoir. Bonsoir, mon amour, me souffle Pascale [...]. Veille à ton entourage : tu as des personnes à double facette ou double face. Toi qui es si prudent, qui décortiques tout, il t'arrive aussi de te laisser « avoir ». Mais nous prions, nous veillons. Prie ton ange, tes guides. Il faudrait que tu apprennes à te relaxer, tu es toujours bousculé, si pressé, mais si pressé de quoi ? De te trouver ? Alors accepte nos conseils ! Ils ne dureront pas éternellement... Nous n'allons pas nous essouffler à te répéter les mêmes certitudes... Sois vigilant et à l'écoute. Libère-toi de ce carcan que tu t'es fabriqué depuis fort longtemps, libère-toi des peurs, libère-toi du manque de confiance. Il faut libérer votre être de toutes les formes d'insatisfactions, donc du négatif, il vous faut développer un esprit altruiste et rejeter tout égoïsme, tout narcissisme. Nous savons que c'est un long travail, mais avec notre aide, celle de vos guides, vous ne pouvez pas ne pas y parvenir. Le nom de Mihaël est le point de départ d'une autre étape. Vous comprendrez plus tard. La solution existe pour chacun de vos problèmes. Vous rencontrerez le vrai bonheur. Dieu voulait un monde heureux, mais Il a laissé l'homme libre, Il a créé le monde pour votre bonheur. À vous de ne pas le détruire. Vous ne méditez pas assez, vous ne priez pas assez. Vous êtes trop pressés... Mais au bout du chemin, vous regretterez de ne pas vous être arrêtés de temps en temps pour vous ressourcer, pour retrouver le calme continu, la concentration unifiée.

Il vous faut rire, d'une saine gaieté, vous sentir heureux, car ce bien-être se répercute longuement comme les remous d'un galet que vous projetez dans l'eau et qui fait des vagues, des vagues... Vous ne pouvez plus vous laisser aller à des « discussions de salon », à des bavardages inutiles. Mais fi de la tristesse, de la morosité, soyez lumineux et gais.

Il vous est déjà donné la force de rassurer et de consoler ceux qui vous rencontrent, qui vous côtoient. Mais ne laissez pas la peur et la culpabilité entraver l'explosion de cette force.

En projetant votre joie, vous passerez dans l'autre monde, quand le moment sera venu, au rythme de cette joie. Nous la vivons avec une telle acuité, une telle intensité. Nous vous aimons, ô combien !

ISABELLE

* Laisse-toi guider pour ton livre. L'inspiration et la confiance te seront offertes au moment propice. « Marche calmement vers l'inimaginable », phrase à méditer car elle est très riche.

LE 21 OCTOBRE 1993

Bonsoir, Jean-Paul [...] Si votre volonté d'aimer se coule constamment dans vos actes, sans arrière-pensées, en initiatives positives, dites-vous : « Je vais faire cela par amour », mais aussi soyez capables de refus catégoriques : « Je ne ferai pas cela car ce serait aller contre l'amour. » Bien abstrait, tout ceci ? Mais c'est la clé qui ouvre toutes les portes. C'est comme si vous adoptiez une couleur et que vous teigniez tout en amour. C'est vrai qu'il est difficile de rentrer dans ce tout-amour, mais après, quel émerveillement, quel trésor ! Il faut illuminer d'amour vos gestes quotidiens. Ayez toujours au fond du cœur cette question :

« Où est l'amour dans ce que je suis en train de dire et de faire ? » car votre monde a perdu cette clarté, cette luminosité d'esprit, quand les idées du bien et du mal n'étaient pas objet de dérision.

Il faut intérioriser et essayer de vivre la perfection de l'amour. Les humains commettent des actes, mais ces actes ne deviennent pas bons ou mauvais uniquement en fonction de la bonne ou moins bonne intention de l'auteur de ces actes. Il y a bien sûr des circonstances atténuantes, dont vous tiendrez compte dans votre jugement de l'autre côté du miroir, mais un acte mauvais ne sera jamais rendu bon. Alors, évitez-les ! La liberté n'a jamais signifié de confondre le bien et le mal. Moduler sa vie selon le véritable amour, c'est exalter sa propre liberté. Vous pouvez toujours « renâcler » quand les renoncements vous paraissent trop durs, trop exigeants (n'est-ce pas, mon ami ?), mais vous savez que si vous voulez vous relever et vous remettre en route, vous serez toujours aidés, pardonnés et aimés. L'homme n'a pas seulement des droits, il a aussi des devoirs. Et les exigences de cette « morale » (si morale il y a !) sont très proches des aspirations profondes des hommes. Pourquoi croyez-vous que vous êtes si écoutés, si suivis, si sollicités ? Parce que votre message est sincère, touchant, simple, et surtout... vous apportez la lumière, le réconfort et l'espoir. Vous êtes devenus un modèle pour toutes les personnes en recherche ou en détresse. C'est comme au temps du Christ, vous êtes devenus de nouveaux apôtres, sous une forme différente, bien sûr, mais les gens ont foi en vous. « Soyez doux et humbles de cœur » : c'est l'essentiel. Nous avons tellement foi, nous aussi, en vous, sinon pourquoi vous aurions-nous choisis ? Alors, pardon pour mes semonces, mes remontrances, mais elles sont nécessaires à votre évolution, donc à l'évolution des autres.

Nous vous auréolons de notre protection, de notre tendresse, de notre vigilance, et vos autres guides également...

Et continuez à prier votre ange, sinon vous ne prierez plus ou si mal, pas vrai ? Bonne nuit (encore minuit, maman !). Soyez en paix et que vos proches soient en paix... à travers vous.

ISABELLE

* Ayez le respect des lois d'harmonie qui sont inscrites, incrustées au fond de vous. Le négatif en est la négation.

LE 2 NOVEMBRE 1993 (jour des *vivants*)

Bonsoir, tous les deux. Je sais, Jean-Paul, que tu attends un message spécial en ce jour, mais tu sais aussi fort bien que vos dates ne sont pas nos dates, que tes confirmations te parviendront peut-être à un autre moment et sous une autre forme. Tu as eu de merveilleux cadeaux, non ? Tout le monde le reconnaît. Nous veillons sur vous au maximum, nous vous surprotégeons, vous le sentez bien. Mais après, dans la vie quotidienne, il faut appliquer en profondeur tout ce que votre démarche sous-entend de travail intérieur, de clarté de vie, de buts, de pensées. J'insiste encore et encore, car c'est nécessaire. Vous avez parcouru de grandes étapes, mais il y en aura d'autres. (J'ouvre une parenthèse, mais pour Axel, il faut dédramatiser, il faut positiver, il ne faut pas vous affoler outre mesure à la moindre maladie. C'est un enfant vivant, protégé et il ne faut pas le déstabiliser par une inquiétude inadaptée qu'il perçoit très vivement.) Tu nous comprends ? Comme tous les enfants, vous devez « l'accompagner », l'aimer mais non l'étouffer et le surprotéger. Ce n'est pas un reproche, mais un conseil pour son bien. Et toi, Jean-Paul, prends-tu le temps de prier, de faire une bonne relaxation ? Si tu le fais ponctuellement, tu sentiras le changement et cela deviendra une habitude (sans doute aussi importante que celle du thé). L'un n'empêche pas l'autre, au contraire. Il faut que le corps et l'esprit soient en harmonie. (Que de craquements, maman, ce soir, et c'est soi-disant le jour des morts ! Quelle ironie !)

Vous êtes nos aimés, nos adorés, vous le savez. Tu nous provoques souvent, Jean-Paul, mais nous avons le sens de l'humour et surtout aucune rancune, et puis, c'est souvent un jeu pour toi ! Tu tends encore des pièges, mais pour celui (ou celle) qui est réveillé(e) ou éveillé(e) il n'y a plus de piège, il joue volontairement, librement à être dupe mais sans être piégé, car il garde toute sa lucidité. « C'est la rencontre entre sagesse et humour » et puis soyez gais, d'une véritable gaieté ; vous chantez la vie, alors, pas de « bonnets de nuit », vous criez l'espoir, la lumière, la vérité, soyez lumineux, rieurs, souriants, car ce sourire qui vient du fond du cœur est vigilance, mais le rire comme l'éveil ne peuvent s'apprendre, il faut qu'ils soient spontanés, authentiques, vous pouvez également méditer pendant des mois, sans succès, et un jour, tout comme le vrai rire fusera, la méditation jaillira. Il ne faut pas désespérer du temps. Tout arrive à point nommé. Alors, réjouissez-vous, ayez un humour vivifiant et libérateur, soyez optimistes, positivez contre vents et marées et vous resterez en haut de la crête. C'est une leçon de vie et non un optimisme béat. D'ailleurs, si vos conférences « passent » si bien, c'est parce que vous dédramatisez, que vous mêlez joie et humour, tout en restant en écoute profonde et sensible. Continuez ainsi.

Nous vous voudrions plongés dans l'amour et l'espérance, comme nous sommes plongés dans la beauté tandis que votre monde est encore dans les douleurs de l'enfantement d'un monde meilleur. Soyez les porteurs de lumière et les médecins de l'âme.

ISABELLE

LE 4 NOVEMBRE 1993

Jean-Paul, il ne faut ni te surestimer ni te sous-estimer par rapport aux autres. C'est justement parce que vous êtes tous différents que vous êtes tous uniques. Fixe tes buts en fonction de toi, de ce que tu sais être bon pour toi, et ne les fixe pas en fonction des autres. Sois à l'écoute de ton moi profond, je le répète, et ne laisse pas la vie filer entre tes mains en ruminant le passé ou en inventant l'avenir. Vis ta vie jour après jour, instant par instant, et tu vivras ainsi avec beaucoup plus d'intensité chaque moment de ta vie. Ne baisse pas les bras. Tu as toujours et encore quelque chose à donner. Rien n'est jamais perdu, tant que tu persévéreras dans la lutte. Ne crains pas d'admettre que tu n'es pas parfait, vous êtes là pour vous perfectionner et c'est ce lien ténu qui vous relie les uns aux autres. Ne crains pas, non plus, de prendre des risques, car c'est en courant ces risques que s'apprend le courage. Tu cherches l'amour, mais le meilleur moyen de le trouver, le « vrai », est de le donner, le meilleur moyen de le perdre est de le retenir prisonnier, le meilleur moyen de le conserver est de lui « donner des ailes ». N'enfouis pas tes rêves, ne les étouffe pas. Ne plus avoir de rêves, c'est vivre sans espoir, et vivre sans espoir, c'est errer sans savoir où l'on va. Ne fuis pas en avant, sans cesse, tout au long de ta vie, car de cette façon, tu risques d'oublier d'où tu viens et où tu te diriges.

La vie n'est pas un marathon, mais un voyage dont il faut savoir goûter chaque halte, chaque étape.

Voilà. Petit message simple, nous serons très présentes à la conférence de La Chapelle (comme d'habitude). Soyez en harmonie, en complicité. Tout ira merveilleusement bien.

Nous vous entourons de toute notre protection, de notre vigilance et de notre amour.

ISABELLE

* Peut-être t'ai-je déjà cité cette maxime : « C'est quand on a tout donné, quand on ne tient plus à rien qu'on possède tout. »

* Jean-Paul, pour les messages de Pascale, tu peux « y aller » sans crainte. Tu as eu confirmation par M. Simonet, nous te le reconfirmons, tu ne te trompes pas et tu ne trompes personne. À toi de « jouer »... saint Thomas ! C'est une certitude !

LE 16 NOVEMBRE 1993

Bonsoir, Jean-Paul. Bonsoir, maman. Tu trouves nos messages rares ? Mais nous t'avons dit l'essentiel. C'est à toi de jouer maintenant, tu as tous les atouts en main. Tu sais, tu peux faire confiance à Mihaël, ainsi qu'à M.D. C'est une véritable astrologue mais avec une autre dimension, une grande spiritualité. Elle n'invente pas, ne brode pas et elle a bien eu cette vision lors de la conférence [1]. Nous étions là, si près de vous, avec notre « maître de lumière », et si j'ai « secoué » maman, c'est parce que je voulais qu'elle parle à ce moment précis. Mais elle n'a pas voulu t'interrompre et ensuite, vous êtes passé à autre chose. Tu dis ne pas t'intéresser à l'astrologie, mais ce peut être un moyen de connaissance de soi, de ses possibilités, des opportunités, mais le choix vous appartient. Quand vas-tu te mettre au livre [2] ? Ou veux-tu que maman le fasse seule ? Ce serait fort dommage, mais l'inspiration te viendra subitement. Les messages sont bien de Pascale, pourquoi en doutes-tu tant ? Rappelle-toi les messages identiques quant au fond, que vous avez reçus le même soir, maman et toi ? Tu ne trompes personne, à part toi. Nous t'aimons, Jean-Paul, tu le sais et nous voulons te faire avancer encore et encore. Tu as une intuition très forte, tu perçois la faille des autres (quelquefois pour en jouer), tu as un sens critique très développé, tu peux savoir déstabiliser avec art, pratiquer avec beaucoup d'habileté l'art de l'esquive... Mais tu peux aussi tout transcender et parvenir à cet azur que tu fais miroiter dans tous tes écrits. C'est le travail qui t'est demandé, avec beaucoup d'amour. Tu t'impliques de plus en plus dans les conférences et c'est superbe. Tu as tout à fait raison : seul l'espoir que vous apportez aux autres est important. Le reste est accessoire. Ne tombez pas dans les mesquineries, les bassesses, les petitesses, les médisan-

1. M.D., lors de cette conférence, nous a dit avoir eu une vision, celle de Pascale et d'Isabelle (Isabelle essayant de « secouer » Anne-Marie) avec une autre personne.
2. Il s'agit de l'ouvrage *La Rencontre des anges*. Jean-Paul voulait attendre la confirmation (qu'il avait déjà eue !) de la provenance des messages de Pascale.

ces de certains dans ce monde dit de spiritualité. Restez authentiques, sincères, indépendants, et pensez uniquement aux graines de lumière, d'espoir et d'amour que vous semez dans les coins de France. Nous pourvoyons à votre force et à votre énergie. Vous êtes guidés et protégés. Mais tu dois ouvrir les yeux sur certaines influences néfastes qui te freinent ou te font régresser. Sois patient. N'attends pas la « confirmation » pour écrire, tu l'auras en temps voulu. Toi qui es si perspicace, si clairvoyant sur beaucoup de faits et de gens, il t'arrive d'avoir des œillères et d'ignorer ce qui se trouve tout à côté de toi. Réfléchis bien. Courage, Jean-Paul, fais-nous confiance et surtout, surtout, essaie de calmer ce mental, cet intellect qui n'arrêtent pas de te tracasser. As-tu essayé la relaxation ? La vraie ? Tu ne te fais pas et tu ne fais pas encore assez confiance. Il faut être vigilant, bien sûr, mais aussi lâcher prise, ce que tu ne sais pas encore faire. C'est un long travail intérieur. Tu as des reculs, des rechutes, mais nous sommes là pour te tendre la main, t'aider à avancer et à remonter. Elles seront de moins en moins nombreuses, ces rechutes, et un jour béni, tu te sentiras merveilleusement bien dans ta nouvelle peau. C'est notre souci numéro un, notre but principal, alors laisse-toi et laisse-nous faire. Laisse-toi porter par notre tendresse indéfectible.

ISABELLE

* « Tout l'être qui se mesure n'est rien, parce que ce qui se mesure a son terme et lorsqu'on est venu à ce terme, un dernier point détruit tout comme si jamais il n'avait été. » Pensez à cette relativité et vivez dans le bien et la vérité ce laps de temps qui vous est imparti.

LE 23 NOVEMBRE 1993

Jean-Paul, mon ami, vous êtes encore souvent dans l'ombre et nous, si près de vous sous le voile, heureux, transfigurés, n'ayant perdu ni une délicatesse de notre âme, ni une tendresse de notre cœur, ni une préférence de notre amour. Si seulement tu pouvais nous voir, comme certain(es), mais un nuage obscur vous enveloppe encore.

Nos yeux pleins de gloire sont toujours arrêtés sur vos yeux trop souvent encore pleins de tristesse. Notre présence est réelle et ininterrompue. Toi qui as une intuition si forte, si tu avais l'intuition claire et pénétrante que nous ne sommes jamais éloignées, ni absentes, si près de vous, de toi, tu aurais foi en notre présence réelle (je le répète), en notre vigilance constante. « L'homme n'est qu'un sujet plein d'erreurs naturelles et ineffaçables dans la grâce. » Tout peut vous abuser, la raison et les sens. Les deux manquent de vérité, de sincérité. Les sens abusent la raison par de fausses apparences ; ce qui fausse aussi le jugement, c'est l'imagination à outrance, la coutume, l'amour-propre ! Qu'il est difficile à combattre et à vivre, car il veut être grand et se voit petit, il veut être heureux et se voit malheureux, il se veut parfait et se sait plein d'imperfections, il veut obtenir amour et estime, et n'obtient souvent qu'aversion ou même mépris. Alors il met tout son soin à couvrir ses défauts, et il ne supporte pas qu'on les lui fasse voir ni qu'on les voie. Il n'aime pas la vérité et ceux qui la lui disent, car il préfère que les autres se trompent à son avantage et l'estiment pour ce qu'il n'est pas, en réalité. Notre rôle est de vous aider à transformer, à positiver tout cela, et si nous te semblons injustes, c'est faux : c'est, au contraire, un travail d'amour, une preuve d'amour.

Le temps te presse, mais il faut un travail souterrain, un mûrissement. Il faut nous faire totalement, spontanément confiance. Il n'y a aucun chantage, mais un avertissement de tendresse et d'amour. Nous voulons te protéger, mais nous ne pouvons le faire qu'avec ton accord profond, sincère et ta participation. Prie, Jean-Paul, la force de la prière est immense et notre aide n'en sera que renforcée. Tu as dit : « Je reste fasciné par ceux qui ont su conserver une âme d'enfant », alors retrouve-la, ton âme d'enfant... car : « Bienheureux les cœurs purs... » Reste dans le pays « où les enfants ont toujours raison ».

ISABELLE

* La vie a de belles couleurs, pour qui sait regarder. En y ajoutant la radiance de la lumière intérieure, vous vivez plus intensément et dans la sérénité.

LE 3 DÉCEMBRE 1993

Bonsoir, Jean-Paul, il est encore très tard, mais nous insistons pour que tu saches que nous sommes toujours là. Quoi que tu en dises. Nous t'aimons d'un amour que tu ne peux imaginer, nous voulons que tu émerges enfin... Si tu savais la gravité et la merveille qui t'attendent si, enfin, tu nous écoutes.

La générosité, la patience, la « moralité » ou discipline (si le terme te déplaît), discipline qui agit selon la véritable loi, l'énergie, la clarté lucide (qui est aussi sagesse !), ce sont des actes transcendants, si tu les appliques dans ta vie. Être généreux signifie ne pas posséder, c'est le dépassionnement, c'est une disposition intérieure, un état d'esprit où l'on ne désire pas posséder rien ni personne, mais où l'on est amené à répandre autour de soi. On ne vous demande pas de ne pas apprécier la valeur ou de mépriser vos possessions. Il vous est demandé la facilité de vous en défaire. C'est le concept de la possession, sous toutes ses formes, qu'il s'agit d'abandonner. Et si vous voulez recevoir quelque chose à l'intérieur de vous-même, il faut savoir donner en profondeur. Tu voudrais souvent devancer toute critique ou réaction qui ne te convient pas : c'est une crainte secrète, un certain manque de confiance en toi. En donnant, une partie de votre ego doit être donnée. Quel travail, mais vous y arriverez peu à peu, si vous « appréhendez » ces conseils avec le cœur et non avec l'intellect. Confiance, courage, Jean-Paul, tu es protégé au-delà de toute imagination. Plonge, et ne regarde plus derrière toi. Nous sommes ta bouée de tendresse et d'amour. Comprends-tu ce message ?

ISABELLE

* Ne t'inquiète pas pour le livre : tout viendra en temps voulu, *tout*, entends-tu ? Nous vous aimons, ô combien.

LE 14 DÉCEMBRE 1993

Bonsoir, « Gianni Paolo » de Pascale.

Oui, Jean-Paul, aimer est à la foi magnifique et difficile, car l'amour engage et rend responsable : aimer, c'est aussi lutter, rien n'est définitivement acquis, aimer, c'est aussi souffrir car l'amour est purifié au creuset de l'épreuve, aimer, c'est pardonner, aimer, c'est donner, donner ce que l'on a, donner ce que l'on est, donner son esprit, son cœur et son corps. Aimer, c'est donner gratuitement, sans rien attendre en retour. Aimer, c'est donner sa vie !

Et puisque vous êtes au seuil de la fête de Noël et de la nouvelle année, nous vous souhaitons et vous aiderons à garder courage, espérance, paix et sérénité. Gardez l'espoir, malgré le chômage, la famine, la violence, les déséquilibres de la société, les manipulations génétiques, le mépris de la vie, l'abandon de toutes règles morales et spirituelles. Toutes ces causes peuvent être source de malaise et de désarroi. Mais conservez l'espoir et donnez de l'amour, sans contrepartie. Gardez bon sens et sagesse. Tout dépend des intentions et du cœur des hommes. C'est ce cœur des hommes qu'il faut changer, la mentalité à transformer, pour arriver à construire un monde plus beau, plus juste, plus épanouissant (d'où l'importance de votre témoignage !). Courage pour affronter les difficultés et accomplir votre tâche avec ardeur et persévérance. La paix doit être en vous pour rayonner autour de vous, fondée sur la bonté, l'accueil bienveillant, l'écoute, la douceur, l'amitié, l'amour des autres. En chacun de vous, il peut y avoir le meilleur comme le plus mauvais, autant de rancune ou de malveillance, de jalousie que de bonté et d'amitié. Conduisez-vous, avec tous, de telle façon que seul le *meilleur* transparaisse, dans vos pensées, vos paroles, vos actes, vos attitudes. Lumière et courage pour la route à venir, où nous vous accompagnons pas à pas, faites de cette année un tableau aux tons pastel, une musique pure et lumineuse, et ce sera pour vous et les autres source d'harmonie et de progrès. Que ce Noël soit un rayon de soleil et de joie dans votre cœur. Le secret de cette fête est donné par son étymologie hébraïque « Emmanuel » qui signifie « Dieu avec nous ! ». Car il ne faut pas chercher Dieu dans la grandeur du ciel. Il a « déménagé chez les hommes ». Il faut toucher les « oreilles du cœur » et éveiller la conscience d'un certain nombre de gens chez qui la petite flamme n'est pas encore trop étouffée par le poids de la matière et permettre à ceux qui « ont des oreilles pour entendre » de s'ouvrir à une autre écoute. C'est votre mission, c'est notre mission. Ensemble, nous allons « faire des miracles ». « *Amore mio*, te dit Pascale, j'ai toujours recherché l'intensité, je l'ai trouvée et je veux te la faire partager ! » Nous avons trouvé la fusion et nous voudrions tant vous faire connaître son intensité à la mesure de notre amour.

ISABELLE

* « La beauté est dans ce qui nous fait élever au-dessus de nous-mêmes. »

CONCLUSION

Il est beaucoup question d'anges dans ce livre, des anges qui vivent « là-bas ». Pour ne pas oublier qu'il y a aussi des anges sur terre, des anges à l'apparence humaine et qui rendent par leur présence plus supportable nos épreuves, j'ai demandé à Jean-Paul la permission de conclure avec un texte extrait de son livre *Des mots pour grandir*.

A.-M.L.

Quand un ange vous sourit, rendez-lui son sourire et il fera de votre cœur une étoile. Mais, se plaindront les grincheux et les mélancoliques, il n'y a pas d'anges sur la terre. Ils se trompent. La terre est peuplée d'anges. N'attendez pas d'être au ciel pour les rencontrer. Ils sont nombreux à vivre parmi nous. Comment les reconnaître ? Tous ont ce signe particulier : une petite lueur. Une petite lueur dans les yeux et dans le dessin de leur sourire. Cet éclat s'appelle la bonté. Quand vous rencontrez la bonté, la bonté qui se joue des races et des langues, mais qui ne se moque ni de l'opulence, ni du dénuement, ni du savoir, ni de la pauvre ignorance, ni de la puissance, ni de la sereine humilité. Quand vous rencontrez la bonté, dites-vous : « J'ai affaire à un ange. » Alors rendez-lui son sourire et cet ange-là se dira peut-être à son tour : « J'ai affaire à un ange. »

J.-P.S.

À signaler l'existence d'une association « les Amis d'Isabelle et de Pascale. » Son siège social est 3, rue des Vergers, 80260 Villers-Bocage.

Table

Première partie par Jean-Paul Sermonte...... 7

Les messages de Pascale.................... 35

Deuxième partie : les messages d'Isabelle..... 61

DANS LA MÊME COLLECTION

Déjà parus

C. Berlitz, *Le Triangle du Dragon.*
J. Blum, *Mystère et Message des Cathares.*
C. Darche, *Pratique du tarot de Marseille.*
P. Drouot, *Des vies antérieures aux vies futures.*
Guérison spirituelle et immortalité.
Nous sommes tous immortels.
H. Friedman, *Les Secrets de l'autoguérison.*
G. Gruais et G. Mouny, *Le Grand Secret du Sphinx de Guizèh.*
C. Kisacanin, *Dialogues avec les morts.*
E. Kubler-Ross, *La Mort, dernière étape de la croissance.*
La mort est un nouveau soleil.
La Mort et l'enfant.
A. Le Kern, *La Géomancie, un art divinatoire.*
R. Le Lann, *Ces ondes qui nous soignent.*
J. Mandorla, *Le Livre de vos énergies.*
J. Murphy, *Comment réussir votre vie.*
Découvrir votre dimension cosmique.
Le Télépsychisme.
R. Réant, *La Parapsychologie et l'Invisible.*
K. Ring, *Projet Omega.*
M. Simonet, *Images et messages de l'Au-delà.*
Réalité de l'Au-delà et transcommunication.
J. Stiegler, *L'Avenir avant l'an 2000.*
M. Thurston et C. Fazel, *Créez votre propre futur avec Edgar Cayce.*
J.-M. Weiss et M. Chavelli, *Se soigner et guérir par les couleurs.*

À paraître

C. Berlitz, *Événements inexpliqués et personnages étranges du monde.*
J. Bernard et B. Duboy, *Mehdi, l'initiation d'un soufi.*
J. Blum, *Le Secret de Rennes-le-Château.*

J.-J. Dexter, *L'hypnose est un éveil.*
Dr R. Fix, *L'Amour, clé du bien « être ».*
C. Griscom, *La Santé de vos émotions.*
J. C. de Fontbrume, *Nostradamus, historien et prophète.*
J. Howard et J. Ramsell, *Les Fleurs de Bach.*
D. Kocchlin de Bizemont, *Edgar Cayce : guérir par la musique.*
H. Kurth, *Dictionnaire des rêves de A à Z.*
W.A. Mac Garey, *Les Remèdes d'Edgar Cayce.*
T. Moore, *Le Soin de l'âme.*
J. Murphy, *Comment utiliser les pouvoirs de votre subconscient.*
C. Sarrazin, *L'Expérience de la réincarnation.*
J. Sider, *Ovnis : nouvelles preuves.*
G. Sorgel, *La Bible à l'aube de l'ère du Verseau.*
Y. T. Tiwognac, *Le Guide de la voyance par téléphone.*
S. Wilson Estep, *Les Voix de l'Au-delà.*

CET OUVRAGE A ÉTÉ REPRODUIT
ET ACHEVÉ D'IMPRIMER SUR ROTO-PAGE
PAR L'IMPRIMERIE FLOCH À MAYENNE
EN AVRIL 1994

Éditions du Rocher
28, rue Comte-Félix-Gastaldi
Monaco

Dépôt légal : avril 1994.
N° d'Édition : CNE section commerce et industrie
Monaco : 19023.
N° d'impression : 35848.

Imprimé en France